小鸟来的那天

夏川/译

[日] 平松洋子/著

天津出版传媒集团

百花文艺出版社

图书在版编目（CIP）数据

小鸟来的那天 / (日) 平松洋子著；夏川译. -- 天
津：百花文艺出版社, 2018.1
ISBN 978-7-5306-7363-8

Ⅰ. ①小… Ⅱ. ①平… ②夏… Ⅲ. ①散文集–日本
–现代 Ⅳ. ①I313.65

中国版本图书馆 CIP 数据核字(2018)第 234143 号

责任编辑:王　燕　刘嘉悦　　**封面设计:**任　彦

出版发行:百花文艺出版社

地址:天津市和平区西康路 35 号　**邮编:**300051

电话传真:+86-22-23332651（发行部）

　　　　　+86-22-23332656（总编室）

　　　　　+86-22-23332478（邮购部）

主页:http://www.baihuawenyi.com

印刷:山东临沂新华印刷物流集团

开本:787×1092 毫米　　1/32

字数:105 千字

印张:8.375

版次:2018 年1月第1 版

印次:2018 年1月第1 次印刷

定价:49.00元

目录

/ 文库本 沉到浴缸里了 /

/小鸟来的那天/

／走过猫咪队伍的庭院／

八角莲再生

草木发芽的时候,院子也悄悄地有了变化。大地缩紧身子,一声不响地忍耐着冬日的严寒,此时也开始脉动,再次恢复精神。

熏风吹拂,忍不住趿拉着拖鞋在院子里毫无目的地漫步。虽说是院子,但很狭小,只是猫脑袋那么大点儿的地方,走不了几步就要停下来。但停下来之后还是会无意识地开始倒退着继续走。院子里青栲树树根处,阳光照不到的角落里,一把绿色的"伞"笔直地挺立。"伞"不高,只有大概十五厘米,顶上的一枚叶子向着天空伸去,如同收起来的伞一样。虽然是在尚是荒芜的树荫处,但那叶子有着纯粹的绿色,甚至说是在散发绿色的光亮。

是八角莲。我激动了起来。今年春天,八角莲到底还是从土里面冒了出来。

这株八角莲种下已经有五年。但每年入冬，总是让人体验目睹它临终的感觉。它有着比人脸还大一些的叶子，如此的生机勃勃，但渐渐地叶子低下了头，茎也萎缩了，整株渐渐枯萎，之后便失去了所有的痕迹。那之后，那个角落里留下的只有树荫而已。有时候我甚至会去想，那里真的有过八角莲吗？但是，到了来年春天，八角莲又像这样长了出来。这样想来，去年的春天是这样，更早的春天也都是如此。早春，某一日，院子里的八角莲突然出现了。它定是一点一点地长出，但出现在眼前时常常令人不防，竟让人有些慌张。

不过即便如此，它还是出现在我的视线里。初生时的绿色是如此的柔软。说实话，冬天的时候，我完全忘记了八角莲，但它在死去一般的黑暗冰冷的土壤中，慢慢地再生。冬天的时候一次都没有想过八角莲生死的我，在这个时候才想到这些，竟有一些惭愧。

我怯生生地靠近今春这株初生的稚嫩八角莲，歪着头看伞下藏着的铅笔一般的茎。茎细弱，摇摇晃晃，仿佛支撑不住。但它还是尽力地支撑。而视线再次下移,看向八角莲的根部。哇,茎周围的僵硬泥土裂开,被撑起来了一点儿。这是冬天被驱赶的痕迹。虽是很微小的隆起,但竟让我觉得无比雄壮。

一旦院子开始恢复了精神,就飞速而任性地将春天带来。这个春天,因为在意八角莲的长势,内心竟难以平静,日日去看。于是想起了在原业平的一首和歌:

时间若无樱,春心或可闲。

说的是,若是没有樱花这些事物,春天人们应该会很闲适吧。勿论樱花,就是八角莲,自从我发现了以后,每天都会想着今天又长高一些了吗?叶子长大一些了吗?需要照料吗?但这种被撩动起来的担忧心境,或许正是春日刹那光华所带来的喜悦吧。

五月时的光脚

　　铁线莲开了，雪球荚蒾也开了。到了蔷薇也一起盛开的五月，终于可以光脚，脚底板便也闹腾起来。这个时候，已无须担心天气再度回冷。曾被厚厚的袜子和紧身衣裤严实地"照顾"，如今终于可以摆脱它们。总算得到解放，可以松开脚趾，光着脚在地板上吧嗒吧嗒地走着了。

　　阳光温暖的日子里，双脚似乎在说已经等了很久了。于是光着脚，趿拉着拖鞋缓步行走。这是五月照例会有的愉悦。脱去袜子，五月的熏风拂过趾甲，心底里升出一阵轻松与愉快。

　　赤脚的快乐是来自脚底板复苏所生出的好心情。赤脚，也就是光着脚时，脚底便苏醒过来。从完全蜷缩的脚尖到脚跟都被摇动，十根脚趾从冬眠中醒来，这时正打了个大哈欠。我想起井伏鳟二有一首叫《雪崩》

的诗：

> 山顶之雪裂开
>
> 崩落下来
>
> 飞落的雪上
>
> 有一头熊
>
> 盘腿而坐
>
> 以悠闲的
>
> 吸着烟的姿势
>
> 那里有一头熊。
>
> ——《除厄诗集》

咚咚咚，乘上崩落的雪才起床(可能是这样吧)的熊正在雪上冲浪。多么超现实的初春的场景！虽是古怪的梦一般，但熊的泰然自若的呆萌样子仍逗人发笑。五月时的赤脚，也有些相似的感觉。虽然大大咧咧地赤足，但双脚尚不习惯外面的情况，走起来依然战战兢兢。那是让人想长久凝视的初生的样子。虽然习惯称之为脚底①，但实际上并不是里面。敏锐地捕捉季节变换的脚底，乃是确确实实的"外面"吧！

　　并不算是适合大声说的事情，但我有时在夜里起床后会光着脚走路。其他时候也会这样做：硬要穿鞋跟很高的鞋子而让脚疲惫不堪的时候、穿新鞋子脚被磨出血泡的时候、微醉状态的时候。快到家时，解开系着的鞋带，脱掉鞋，左右手各拎一个，趁着黑夜，光着脚在路上吧嗒吧嗒地走。有一种无与伦比的爽快感和轻松感。

　　这个时候也会清楚地意识到，脚底反而是身体的外面。凹凸的沥青、沙砾、小石子，这些不断地轻轻刺痛皮肤，有一种舒服的感觉。这时便会在心里觉得，是啊，脚底确实是接触外界的那一面。身体最下面的这两个窄窄的底和世界紧密相接。虽是脚底，但其实背负着身体的所有部分，是堂堂正正的"外面"。这样走着，自己也变得像在崩落的雪上盘腿而坐的春天的熊

---

① 日语脚底做"足の裏"，直译当作"脚的里面"。

一样,悠然自得起来。

　　但是,这种身体毫不设防的赤脚之感,过了五月就渐渐变得迟钝了。等到开始被雨水淋湿、被强烈的阳光照射时,赤脚就变得不再珍贵。最终,"外面"也好,"里面"也罢,都无所谓了,赤脚已变成理所当然的事情。赤脚纯粹无邪的感觉只在五月,是熏风刚起的时候才有的体验。

走过猫咪队伍的庭院

猫竖着直翘翘的尾巴，迈着小碎步从院子前面走过。并没有特别地和我打招呼。

最初注意到这一点是在去年。呀，那里成为猫的道路了啊。于是每天早上九点过后，心里便有期待，要来了！要来了！视线从报纸上离开，抬起头注视那边，果然猫的队列又出现了。队首是一只猫妈妈，后面跟着四只奶猫。一家五口，排着队，整齐地前进。它们定时出现，如同某种自动报时的钟表装置一般。

猫咪们基本上是严肃地迈着步子通过，但是小猫一时高兴，就会破坏队形。通过伸到庭院的阳台时，一只小猫突然变成毛球，开始打滚或者跳跃。接着，留在队伍里的其他小猫大约把这个作为信号，也加入其中。四只毛球缠在一起，一会儿团成一团，一会儿又分开，相互打闹。猫妈妈无奈，只好随它们，自顾自迈步走了。这时小猫们便匆匆忙忙地追上去，重新组好队列。这场景相当逗人发笑。我忍着笑目送它们，小猫们这次变得中用了，跃过围墙，扑通、扑通，一个接一个顺利地在墙壁那边消失了身影。

但是，等到秋风起时，猫的队列就一下子消失了。随着小猫的成长，它们一家的日常生活也会有些变化吧。它们一定在健康地活着吧。有些遗憾，便觉得当时应该做些什么。不过，这个时候换成了其他的猫从这里走过。一只茶虎、一只灰色带白斑、一只金茶色带黑斑，我用手指着，确认了这三只新猫的登场。特别是那只茶虎，非常有存在感。它一边仔细观察着周围，一边喝花盆中的水，那种表情和房上的兽头瓦一模一样，非常威风。

说来，猫咪们真是频繁地出现啊。一定有什么理由吧？想到这一点，我便立刻想起一件事情。去年夏末，我家里养着的一只二十三岁的老猫去世了。也就是说，就像是作为死去的猫的替代，那之后的第二个月，猫的队列就出现在庭院前。也许，老猫的伙伴们，也有一些要传达的东西吧。

我深切感到这件事的不可思议。有东西消失了，就会有新的东西出现。有东西开始失去，也就有东西到来。世间便是如此。如果洞穴突然裂开，空无一物，或许不选择慌乱地强行将其埋上也很好。原来的风吹过，新的风肯定也会吹过那里。如果接受了已经没有了、确实已经失去了，虽然仍会有些寂寞，但新的风会自动出现，这是世间的规则。

有一天日光强烈，让人想到初夏。有远客来，我们在屋里聊了片刻。话题间隙，她突然微笑着说："在这两小时内，两只猫、一只鸟、三只黑凤蝶经过了您家哟。"

我背对着庭院，于是急忙回头向着窗外看去。外面正是伊予柑的白花盛放的时候。最近数日，喜欢柑橘类的蝴蝶频频飞来。不过，今天走过院子的是哪一只猫呢？我特意地留意，想着很久之前就消失的那一队猫的身影。

细雨天的金毗罗

　　小学生的时候就记住了"こんぴらふねふね（金毗罗的船啊船啊）"这首歌，所以只要一唱开头，嘴里就会自动地哼出后面的部分。

　　　　こんぴらふねふね（金毗罗的船啊船啊）
　　　　追風に帆かけて（追着风儿扬起帆）
　　　　シュラシュシュシュ（咻啦咻咻咻）
　　　　まわれば四国は（要去拜的是四国岛的）
　　　　讚州那珂の郡象頭山（赞州那珂的象头山）
　　　　金毘羅大権現（金毗罗大权现）
　　　　一度まわれば……（绕着转一圈……）

　　那时觉得"咻啦咻咻咻"的声响很好玩，平时总是想反复唱这一句，像录音带卡住了一样。

小时不知"おいて(追风)"是什么意思,就自作主张地认为是"おいけ(池子)"。其实仔细想想,船在"池子"里是一件奇怪的事情,但总之当时一直按照"在池子里扬起帆"来唱,真正知道歌词中是"追风",是很久之后的事情,还记得当时恍然大悟的感觉:啊,真好啊。这下船不用憋屈在狭窄的池塘里了。在宽广的大海里真好。

听错的地方不止这一处。歌词里面出现了两次"まわれば",但各有各的意思。在后面的"一度まれば"是指环绕,而最初的"まれば四国は"则是"参拜"的意思。歌里要去参拜的就是著名的供奉海神金毗罗的金毗罗宫。那里是日本六百多金毗罗神的本山。江户时,参拜金毗罗宫与参拜伊势神宫齐名,是老百姓的一大活动。当然,到现在,善男善女踏着长长的台阶攀登,参拜的身影依然不绝。

四年前,我也沿着台阶登上山顶拜谒。从进入参道,一直到被郁葱的树木环绕的内殿,一共有一千三百六十八级台阶。那是下着细雨的日子,我不顾脚上被雨水渗入，用力地踩实台阶，一步、一步，一个劲儿地努力往上。马上就要到了，就在眼前了。我一边走心里一边这样想，顾不上气息紊乱，只是一味地用力踏着台阶继续往上，也许这行为本身也是一种身心的净化。

不过，距目的地还是很远。

三百六十五级，到达大门。

六百二十八级，把石头上长出的松树错认为是山门，折返后看到硬朗的旭社的风景。

七百八十五级，到达御本宫。

一千三百六十八级，终于到达内殿。

既然已经走到这里，无论如何也要爬到最高处。因此固执地挺直腰板攀爬，虽说途中边休息边向上爬，但过了中途之后，却真实地体会了前方有光亮在引导我前进的感觉。足足两个小时之后，总算抵达内殿的"严魂神社"。在殿前双手合十叩拜，漫长的山路的劳累消散，胸口感受清冽的空气的流动。而与数百年间络绎不绝的参拜的人们相连的实感，更是让内心有所触动。

从内殿眺望一览无余的赞岐平原,风景极美。"金毗罗之船"那首歌后面是这样:

こんぴらみ山の青葉のかげからキララララ

(金毗罗山的绿叶背面闪着光)

金の御幣の光がチョイさしゃ

(是金色的纸钱在闪耀)

海山雲霧晴れ渡る

(山海间的雨雾渐消散,又是万里无云的晴天)

此时虽然是细雨纷纷的日子,但海天之间云雾散去,天空放晴,琴平镇笼罩着柔和的光线。

翌日,去观看每年春季惯例会有的"金毗罗歌舞伎"表演。在金毗罗宫门前这座日本最老的戏台"金丸座"上,演出的是成田屋的十八出名段中的"暂"和"夏季浪花鉴"。彼此距离之近,演员和观众都倍感惊讶。人们挤在一起的热气令人回想到江户时戏台间的空气,而我再次彻底地沉醉在琴平的春天里。

荔枝带来的白日梦

虽说还是上午，但气温噌噌地升到将近三十摄氏度。只要停下来就出汗，不过在路过的水果店门前，我还是盯着木箱中的水果足足有十秒钟。像是从熔矿炉里取出的一样，那些紫红色的果子堆得要掉出来。是刚上市的李子。撑得鼓鼓的光润的果皮，大声地宣告着："我刚刚被摘下来！"于是我连忙抓起四个放到篮子里。

每次面对不认识的水果，就会有一种站在白日梦的入口的感觉。没有吃过也没有见过，但真切地在自己的手掌上，散发着光芒的圆圆的水果。第一次见到猕猴桃、第一次见到水蜜桃、第一次见到洋梨、第一次见到百香果都是这种感觉。每次幻想世界的大门就会打开，让人陶醉其中。即使对于常见的香蕉，每次剥开黄色的皮，也会诱使我产生初见时的那种奇妙的幻想，即便现在也还如此。

第一次吃荔枝是在香港。那是三十年以前，香港的街道飘荡着更浓郁味道的时代。荔枝、芒果、木瓜、菠萝蜜，每次走到街上，都会发现没有见过也没有吃过的水果。这当然也是去香港旅游的一大乐趣。现在日本各地都能找到东南亚、中国大陆、中国台湾等地的水果，但那个时候，不管是荔枝还是木瓜，都还是像异世界的东西一样。

　　因此，第一次看见荔枝，立即为之倾心。硬硬的表皮碰在一起有籁籁的声音。把小小的茶色的壳啪地剥开，确如异世界事物的乳白色的水晶般的果肉出现。那种与现实世界远离的样子，很能让人联想到它不是这个世界的东西。诚惶诚恐地把它含在嘴里，体验到如石子般凉凉的、光滑而有韧性的口感。用牙齿咬破果肉，在感受紧绷的十足的弹性之后，清雅的芳香、柔和的甘甜充满口腔。而种子周围带有的微苦，让你在刚才的享受中难以安心下来。虽然荔枝极其优雅，但是还是能感到它对口腔的蛮横的支配力。

　　但是，也正是荔枝亲自展示了须臾之感。荔枝的原产地是中国南部,位于热带亚热带的两广地区。有句话叫:一日色变、二日香变、三日味变、四日色香味尽去。荔枝便是如此这般飞快消逝,难以保存的美味。杨贵妃喜欢吃荔枝,为此唐玄宗令人骑马八日八夜奔驰数千里运输。现在想想,也能理解那样的心情。确实,只要眼前浮出荔枝的样子,就无法装作不在意。在上海也好,香港也好,只要想到街上各处堆积如山的荔枝,不到一个月就像虚幻一样,一下子消失干净。

把刚刚买的紫红色的李子取出时,突然慌神。对啊,今年的荔枝怎么样啦。不是应该在李子之前就该吃到的吗?一想起了荔枝,自己果然又站在了白日梦的入口处了。

福田平八郎的《雨》

　　窝在办公室，对着桌子，这时窗外传来沙沙的声音。

　　沙沙、沙沙。

　　莫非是小沙砾打在庭院树叶上的声音？我向外确认，从交错重叠的树枝下面看露出的天空，发现颇好的晴天已阴沉下来，天空染上一层深灰色。眼看着就要下雨了。不好，现在不是慢条斯理的时候。我打开窗户，探出半个身子，仰头向上看，不是"眼看着就要下雨了"，是已经下了！

　　近来，这种天气特别多。上午还万里无云，到了下午，就变得完全阴沉，甚至下起了雨，让人相当为难。心情也变得低沉，原因无他，只因早上出门时晾在外面的衣服。每每硬是相信自己带着主观希望的观察，觉得这种天怎么会下雨呢，于是便把衣服晾在外面。

等到傍晚时，雷雨或者骤雨时至，屡屡让我慌张起来。要是坐着电车出了市区，就只能束手无策，一想到回家后收起的是被雨打湿的非常重的布团，就觉得心情沮丧。

但今天应该不会变成那样了。从这里到家，走路需要七八分钟，跑的话五分钟多一点儿就到了。谨慎起见，我侧耳细听，刚才的沙沙声的间隔以细微的幅度变短。没错，外面确实在下雨！为了拯救许多已晾干的衣物，现在必须要跑回去。开始降落的雨的声音，如同剧院宣告开幕的蜂鸣器般，让人心中躁动。我暂停下工作，只抓了钥匙就冲到外面。

出门之后，混凝土路面上，布满黑色的小圆点图案。我盯着那些有节奏感的图案，喘着粗气往家跑。

日本画家福田平八郎（1892—1974）的代表作之一就是一张叫作《雨》的画作。整个画面是一个瓦片屋顶的局部，那是非常大胆的构图。仔细看，会发现瓦上画着各种大小、各种色彩的圆圆的斑点。那是雨珠。硬朗的粗线相交叉而带来的屋顶的质感、雨滴的形状、出人意料的现代的构图方式。真正站在画的面前,能感觉到刚开始落雨时土壤的湿润的味道、黄昏时的时间流动。虽然明显是以瓦为主题,但题目却反而叫作"雨",从中也可窥视到画家在被限制的主题中开拓出崭新表现的境界。

福田平八郎在一篇文章中记录了他创作《雨》的原因。

那天,觉得像是要下一场阵雨,打开窗户向外看时,硕大的雨点已经开始密集地落下。雨脚很大,在地上出现,消失,再出现,再消失。如同生命的足迹一般,内心为之触动。

——摘选自《三彩》九十九号
临时增刊 1958 年 4 月

出现,消失,出现,消失……开始降落的雨滴好像在说着绕口令一样。

不过,在我紧握钥匙,为了拯救衣物而猛冲时,开始降落的雨滴说的全是："快！快！快！"到达家里，刚才的圆点图案已经消失了痕迹，道路已被雨水湿透，整个变成了黑色。

给院子里的树理发

甚好的晴天,心里便想着,今天也从一个好心情开启吧。走到客厅,房间之中却是一种死板的阴暗。怎么回事?

明明是倍觉爽朗的晴天,为什么会这样呢?此前,日环食的早上,冷清而奇妙的昏暗一下子弥漫屋内。虽然挺有意思,但总不会再来一次吧?屋里是一种马上要下大雨一样的阴沉沉的昏暗,没有办法,我只好在大早晨也打开灯。

真是奇怪,外面明明晴得很好。边歪着头思考边喝味噌汤,突然"啊"地喊了出来。这样的昏暗不会是院子里的树造成的吧?

虽然是巴掌般的小庭院,但是也种了好几棵树。油橄榄、橡树、伊予柑、冬青等等。十五年前搬到这里,在院子刚整饬好时就种下了油橄榄、橡树和冬青,它们都颇适应这里的土壤状况，一派生机勃勃。油橄榄的树干相当粗壮，两拃有余，已经有了成材的感觉，也算相当威风。树枝的伸展也极其大胆，散乱而无限制地向着天空伸展开去，让人想起了千手观音。

要是在荒地或者在森林那样的场地，枝条随意伸展并非是什么问题，但是隔一道围墙便是邻居的地界，别人的房子就在眼前。当然不能给周围邻居带来麻烦，所以，整枝这一工作是必须的。在电灯下边喝味噌汤边思考，我总算意识到这一点。今年的确是错过了给它们修剪枝条的时间了。更简单地说，今年彻底把这件事忙忘了。

每年都会拜托同一位园林师傅帮忙修理。完成后的样子非常好，我每每都会称赞，哇，原来可以这样啊！而如果再继续思考，便觉得任何树木的苗壮成长，无疑都有一些修剪的功劳。

即便如此，这样异样的昏暗如何呢？光线完全透不过来，就像被伞遮蔽了一样。森林从外面看很明亮，但是踏足进入其中，就变得葱郁而昏暗。现在的房间便是如此。饭后喝着沏的新茶,从昏暗的客厅再次眺望着庭院里的树木。

这种昏暗,换句话说,便是这些树木生长的标志。沿着记忆回溯,在五月中旬,绿色的枝叶连院子的一半都没到,屋内同往常一样,灿烂的阳光洒落,很是明亮。那之后不到一个月,枝叶都以压倒性的势头,一个劲儿地不断伸展。我没有给他们施肥或者浇水,只是不闻不问,但它们却接受自然界凌驾外界之上的精力和气力。

那个周末,急忙拜托园艺师傅来给它们修剪。"剪好了",师傅喊我过去时,走进室内的那一刻,就像把浴室雾气蒙蒙的玻璃擦了一下一样,房间里似乎闪着光,明亮夺目。虽是被毫不留情地咔嚓咔嚓地剪掉了枝叶,但它们还是很高兴时隔许久的"理发"!

奈良的团扇 摇啊摇

无意间听到烤鸡肉串的老板自言自语似的说的一句话，现在还在耳边。

"只要一听团扇的声音，我就立刻知道，那个地方的烤鸡肉串好吃不好吃。"

我凑过去听，发觉原来是这么回事：给炭送风的时候，虽说只是一只手放在团扇上面来调节风力的大小，但据说团扇的使用方法会根据炭火的燃烧情况而变化。已经烤好的自然就另当别论，但吧嗒吧嗒噗呲噗呲，这种笨拙的声音正是老板满不在乎的证据，那时烤的一般就很失败。如果是让耳朵很舒适的轻柔的声音，就知道老板在专心致志地扇风，心里便觉得烤肉就应该是这种样子。

原来如此，原来不是只要扇风就行。团扇也是他们重要的生意道具。

突然想到这分明是再现幸田文《厨房的声音》里的故事，这时再侧耳去听烤鸡肉串店里团扇的声音，便意识到那真是一种含蓄的语言。

在烤鸡肉串和鳗鱼的时候使用的是竹骨质的，扇面是厚厚的纸的耐用团扇。要给燃烧着的赤红炭火一种"烧到天上"的气势，所以送风的时候必须要用那么强力的扇子。但是，也不是只要同一形状就可以了。随着时间和状况的不同，就连扇子也有适合的材料和适合的地方。

我一直以来用的是奈良团扇。据说是最初起源自奈良时代。春日大社的神职人员模仿军扇的样子制作出来。到了江户时代，在上面进行镂空雕刻的做法流行起来。在伊予纸或土佐纸这样的和纸上染色，精密地贴在精细制作出的纤弱的竹骨两面。扇面绘制正仓院纹样、采用奈良风物特有的戳刻（切出较深的直角的手法）是奈良团扇独特的风格，但现在继承这种传统的也只有一家而已。

知道这家"池田含香堂"是在旅行的路上。在猿泽之池附近散步后沿着三条通①道前行，便看到了该店。店面摆着带着精致风情的扇子。我眼睛直直地走到了跟前，进去之后拿起一个扇子扇了一下，就被震惊到了。

轻而柔和。轻飘飘的感觉，像是给婴儿扇的温柔的凉风。肌肤感受到以后，就迷上了这种感觉。那个时候，"迷上"这个词在脑海中浮现时，自己都有些惊讶。我试着数一下扇子里面竹篾一样细细的扇骨，一共五十一根。文雅而高品的样子，可以品味到一种很端庄的手法。之后十年间，我时常再去买，一直钟爱着奈良团扇。

到了夏天，最喜欢的就是看上去让人觉得清凉的一抹澄清的蓝色，图案是戳刻的小鹿，极小的两头在跳着玩耍。诸如闷热的夏天早上，天气摆好了"今天也是非常热"的架势，一旦想起来，眼手便一起寻找早已使用习惯的蓝色扇子。开始轻轻地左右摇着扇子，暑气一下子远离，因此，团扇正是夏天最重要的陪伴。

客厅放着奈良团扇，厨房里放着和烤鸡肉串店里

---

① "三条通"为道路名称，"通"在日语里作"马路，街道"之意。

一样的耐用团扇和奈良团扇。吧嗒吧嗒地挥舞着常年使用而变得亲密的团扇，从早到晚都有赖它们。

今年的夏天似乎也颇为闷热吧。

和雅克·塔蒂一起

小学生的时候，暑假一定有一起度过的朋友，他们被称作"暑假之友"。每天不能准时见到他们就会闹脾气。直到暑假要结束时，知道会遭到残忍的对待，那非常可怕，才会规规矩矩坐在桌子前打开课本。

我本来就不是在暑假特别想找朋友玩的人，是有点乖僻的小孩。在书中完成无数次的冒险，去游泳池和水亲密接触，这些略显单调的事情于我而言一点儿都不会厌烦。要是去海边，还能和偶然遇见的陌生小孩在海岸上肩并肩地做沙堡玩儿。也正是这样，一直到了中学，我都还和神户的一个女孩保持书信联系。夏天就是吹拂着不可预期的风。

因此，看雅克·塔蒂的《于洛先生的假期》，让人大呼快意。这部电影在1953年戛纳电影节上获得评委会大奖。导演雅克·塔蒂自演的于洛戴一顶压瘪的帽子,穿着短了一截的裤子,脚上则是边上带花纹的短筒袜子。他叼着长烟管,手里拿着两个行李箱和一个钓鱼竿,踏上独自的假日旅途。故事地点是在法国某个海边小镇的小旅馆。几乎是默片一般,其中的人物造型有着天才雅克·塔蒂才有的哲学。短剧中主角总是和周围的人们产生微妙的错位,充满滑稽。后来,着迷于雅克·塔蒂的演技及其风格,罗温·艾金森将那种味道表现在《憨豆先生》中为众人所晓。

假期是非日常的时间,便带有偏离日常的地方。大家迈着轻浮的脚步,啪嗒啪嗒地走着,如同会动的纸人一般。事情也总觉得有点虚幻的感觉。雅克·塔蒂大概看透了这一点。我冒昧地觉得,主人公于洛是一个在若无其事中展现出假日风味的角色。

这部电影优秀的理由有很多,其中弥漫于影片的强烈的少年的感觉,让人内心感动。有许多画面值得鼓掌喝彩,比如正午的沙滩,同住在酒店的少年单手拿着放大镜,偷偷地恶作剧。收集太阳光的热量,聚焦在帐篷材质的毯子上晒太阳的全裸大叔。小的时候,我也偷偷地在海边做过同样的事情！

假期平淡地持续。早上晚上在同样的食堂里吃饭；为打发时间在午夜里打扑克；让人心情舒畅的郊游；白天里打不怎么会的网球。每天沿同样路线在沙滩上散步。但是，不知为何，所有的事情都闪耀着同样的夏天的光芒。临近结束，非常小的海边小镇燃起数发艳丽的烟花。于洛再次把事情弄糟，黑夜中散发着烟花的光亮。夏天就这样过去了，心中有些落寞。

夏日假期中的"朋友"在无数个地方！即便不特意寻找，他也会像于洛一样，从对面迈着碎步跑过来。大人也好，小孩也好，好玩的事情、奇怪的事情和年纪毫无关系。而《于洛先生的假期》教给我们最重要的一点是，清爽的风肯定会吹起，即使是令人感到无比无聊的暑假也是如此。

抚子们大放异彩的早晨

夏季天亮得早，但一过早上六点，气温就噌噌地上升。这种不留情面的感觉，好像在某个其他的国家也体会过。回忆起来，那是在越南。日本的夏季已经和亚热带地区一样了啊，我心神不宁地想着，但除了赶紧开始每天早上的习惯也别无他法，换上慢跑服。每周三四天，每次走一个半小时，不过夏天越来越热，就习惯五点多从家里出去。

夏天，刚天亮不久的清晨格外静谧。但是那一天却不一样。穿过各家拥挤着的很窄的住宅道路，平日这里寂静无声，但今天各处都传来人的动静。电视机的声音也随之传来。

果然！今天是"抚子Japan"①的决赛。我在家也打

---

① 日本女子足球队的爱称。也叫"大和抚子"。

开了电视,出门前数分钟看了几眼直播。虽然想继续看下去,但是已经换好衣服,还是决然地出门了。

今天一开始走,就向着前面的目标大步大步地前行。这样的日子偶尔也有。于是便抓住机会,想要多走一些距离,最终任由脚步依照自己的气力前行,顺畅地到达另一街区的绿地公园,花费将近一个小时。

有点走太多了吧,我边想着边折返回去,突然想到了比赛的情况。那就早点回去吧!于是选择近道,走上另一条住宅路,这里果然也很热闹。从来没有看过开门的一户人家,今天窗户打开,咖啡的香气和电视机的喧闹一起飘过来。赢了吗,还是输了?我心里一遍又一遍地想着比赛的结果,内心充满焦躁,这时已经要拐弯了。

"厉害!"

窗户里传来低沉而粗重的声音。我全力地分析起来。这句话不是输的时候说的。也就是说,现在局势不差。我想赶紧回家看直播,于是加快速度前进。对面走来两个穿着运动衫的晨练的女大学生。她们边盯着手机的画面边慢走。我忍不住地和她们搭话了。

"比赛,结果怎么样啊?"

"刚才加时赛中平分,接下来要点球大战了。"

已经不是继续在路上走的时候了。但是不走的话就回不到家。步伐变得轻飘,双脚也不听使唤了。时间已经过了六点,头顶的太阳开始火辣辣地散发着热量。心里为比赛焦虑,也被这种炎热所扰。我被如此的焦虑赶着往前,汗流浃背。第二次心跳频率上升,是听到路边超市的一间屋子里女性兴奋的声音。

"厉害! 抚子们真棒!"

我再次焦躁起来。什么状况? 怎么厉害? 此刻真想按一下门口的门铃,去问一下她们。"请告诉我比赛情况吧!"但还是使劲克制,跌跌撞撞地向前走。最终,在离家只有数分钟的时候又听见消息。这次是从外墙上挂着绿色窗帘的一户人家里传来的大叔的声音。

"干得好,赢了! 冠军!"

阿姨奋力鼓掌的声音也传到耳边。一家人如大合唱般齐声发出"高兴!"的声音。

我也被这充满力量的鼓掌声卷入其中,这个夏天的早上,空气中充满了幸福。这样啊,胜利了啊。我也想跟着一起鼓掌了。

　　最终回到家里,暑日的青空辽远。整个街道都兴奋起来,真是热情的夏日清晨。

一个人看捞金鱼

绝对找不到的一只袜子，某天突然出现。这到底是怎么回事？

左脚和右脚是同时脱下的，不应该丢失。但是等到把洗过的衣服叠起来的时候，就会有一只不知去向。被狐狸偷走了吧，我茫然地想着，但不见的东西还是不见了。这个时候再慌乱地找也无济于事，只能让自己装着忘了这事情。

但是，过几天它又偶然出现了。情况是：

一、在叠好的床单内侧的角落里，缩成蛋糕状；

二、紧贴在庭院的树根处，沾满了泥土；

三、不知何时，被收到衣柜中放袜子的收纳处。

一和二的理由可以想象出来。一是在洗的过程中卷入床单里面而没有注意。二是晾晒的时候，被风吹掉。这样啊，原来被吹到那里了。带着可怜它的心情，把结成一块的袜子揉开。不明白的是三。本应消失的东西不知何时，被整齐地收纳到它应该在的位置里，让人完全理解不了。我放弃了，完全被这种情况打败了。

固执的时候就想着一定要把它找到，但找不到的时候就只能放弃。想要被找到的一方也是如此，慌张地乱跑反而会带来相反的效果。

还是小孩子的时候，等不到天黑就央求大人帮自己换上和服。被带到夏季的节日是无上的乐趣。还穿不习惯的木屐的带子摩擦脚趾，带来疼痛，但是看到夜间商店的电石灯①一盏一盏亮起来，就兴奋得连痛苦都忘记了。牵着父母的手，徐徐行走的夏夜，只有快乐。

但是也会有恐惧跟随——松开妈妈的手，成了迷路的小孩。夏季的节日，人潮之中，一不注意停下来歇一会儿，就会被黑暗的夜所包围，让人害怕。和父母相

①　使用乙烷的灯。

连的指尖如同生命之线一般，想到这里，我又用力地握紧妈妈的手。

但是途中也会忘记。随意地走着，被周围的事物一味地刺激起好奇心，越来越高兴得不知所以。棉花糖、轻目烧①、薄荷烟斗②、打靶、悠悠球。

捞金鱼的摊子，就算只是远远地围着看，也会立刻忘记时间。红金鱼，还有黑色的凸眼金鱼，尾鳍轻轻地摆动，在水中横着划过，追赶着白色的月亮。驻足眺望，便被拉进梦幻之中。有一次，被金鱼吸引而停下来围观，松开了妈妈的手。意识到的时候，妈妈、妹妹都不在身边。瞬间内心被恐惧的感觉占据，但捞金鱼的昂扬劲头和兴奋慢慢重新占据内心。想要离开那个地方，但我拼命地在自己的心里思考可能的结果——还是待在这里不移动更好。在喧闹的人群围成的圈子里

---

① 粗点心的一种，点心中央有像"龟甲绫纹"一样的椭圆形鼓起。
② 日本祭日或庙会上常见的一种玩具。根据烟斗制成，设计为米老鼠、奥特曼等小朋友喜欢的各种人偶形状，烟斗处装有薄荷等各种口味的砂糖，供人吸食，并配有哨子，可以当作哨子使用。

虽然不安，但是眼睛直直地看着金鱼。那种神奇的感觉到现在都还记得。只要在那里待着，一定会被找到！那是一种带着坚定信念的感觉。

等待的时候，只要在那里一动不动地等，一定会没事的。在夏夜黑暗之中记住的这没有理由的话语，即使现在也还是会在耳边轻轻地响起。所以，即使一只袜子找不到了，也不会很着急。因为它肯定在某个地方，等待着我来把它带回家。

越南的帽子

　　以前有日射病这种病，我想一定是和中暑是一样的。一到暑假，就被不厌其烦地告诫"会得日射病的，戴上帽子"。于是在白天外出时，戴上草帽成了习惯。为了防止被风吹走，帽子上带有白色的平纹带子，一出汗就会黏黏地贴在下巴上。

　　今年的夏天实在炎热，什么都不带出门让人害怕，于是只能试着戴男式的草帽，虽然可以防晒，但头部周围闷热。就像多加了一件衣服一样的感觉，十分腻烦，一等到快回到家时，就立刻把帽子取了下来。

　　那个时候，就想起了这个世界上最舒适的帽子。其实说是帽子，还不如说是斗笠。只要啪地戴在头上，不管多么热都可以忍耐。

　　那是越南的斗笠。在那些照片中经常可以看到，很熟悉的锥状的编制的斗笠。戴上那个，可以感觉到草帽这些不能比拟的凉爽。

最开始戴越南斗笠是在从胡志明市北上的旅行途中，要去越南中部的会安。虽然很想适应亚热带的酷热，但不留情的高温持久升高，过了早上八点，立刻就超过三十摄氏度，长途旅行依然很辛苦。从日本带过去的帽子是可以折叠起来的棉质的，但是热气聚集被汗水浸湿，立刻就没有了作用。

或许是看不下去我瘫坐在阴影下不走，呼吸困难的样子，当地的老奶奶说着"戴上这个吧，给你"，递过来一个用过的旧旧的斗笠。"我回家还有很多个，所以不用在意。"老奶奶用肢体语言表达这些，把帽子硬塞给我，之后便站起来走了。

那种凉爽让人无法忘记。圆锥形帽子的里侧带有圆环，可以一下子戴在头上，长长的带子系在头下，整个帽子紧紧地固定在头上。头部是圆锥形，有空间，所以热气不会集聚，使人觉得闷热。最让我惊讶的是，斗笠下面常常有风吹起。

走的时候，动的时候，都会有风从斗笠下吹过。拂过下巴、脖颈的风向着头上流动，圆锥状的斗笠里凉飕飕的。帽子面积很大，当然也会遮挡住阳光。实际戴上体验到的是，只是在外面看就绝对不知道的凉快感。原来如此，怪不得越南男女手里都不会放下这一斗笠。

旅行的途中一直都戴着。大家都戴着，所以外国人戴也不会有违和感。反而是因为戴着斗笠，可以毫不费力地融入到市场和小摊里。

旅途要结束的时候，想着要不要把这个被赠予的越南斗笠带回去，内心无比纠结。不管多么凉快，如果戴着在东京的街道上出现，就会十分奇怪。即使功能再怎么好，如果文化不一样，就依然是无法去除违和感的东西。越南斗笠就是这样的吧。

我借口行李太多，最终还是把它放在宾馆的屋子里。在床尾孤孤单单地挂着的斗笠。此后疯了一样热的夏日、宾馆房子的门嘭地关上的声音，总是让我清晰地想起那时抛弃帽子的情形。

台风吹倒的东西

早上，像往常一样步行穿过自然公园。擦身而过的四十岁左右的女性，对着在我前面走着的人开口说话。两人好像是旧友。

"那边，有一个大柳树对吧。那棵树倒啦。池子对面那棵大樱花树也倒了。"

她的神色看上去有些兴奋，但步调没有放缓，语速很快地一口气把几句话从前到后说完。

"那可真糟糕啊！"

前面的那位回应她。和她一样，也没有改变速度。

如果是那棵大柳树的话，我也知道。枝干若双臂环抱，一边的手指可以够到另一边的手肘，也就是说直径只有半抱。虽然称不上是大树，但是说起柳树，常常见到的都是街道上瘦弱的样子，所以对于这棵颇为健壮的柳树的印象就很强烈，相应地也显眼些。今年夏天也是，几乎每天都会看到，如大群细长的鱼一样的浅绿的柳叶在风中沙沙地轻轻触碰。

因为在走路，所以我也没有放缓步调，胳膊肘弯成九十度，前后挥动着小臂，边走边想着这些。那棵树倒了也或许算是当然的事情。昨天从傍晚到夜间，台风直袭首都圈。暴风雨骇人，过了午后，外面的昏暗程度就已有预示。从窗户向外眺望，庭院的树木、街道的景观树皆被暴风肆虐，痛苦地弯着腰坚持。庭院里的枫树的细枝等轻易地从树干上断落。今天早上，一直到自然公园，沿途小区的路上一片狼藉，折断的小树枝和破碎的树叶的残骸遍地，散落长长的一路，人行走时都有些困难。这场暴风雨招来如此惨状。东海道的人、和歌山的人都没事吧。我一边走，一边又想到了刚刚过去的台风的肆虐。

那个柳树马上就应该出现了。莲池的周围，各种杂树郁郁葱葱，因此为了不看漏，眼睛东张西望，但是依然保持着同样的速度前进。介于跑和走之间的速度。呼，呼，呼，呼吸的拍子推着后背向前走。

我急停了下来。之前笔直地耸立着的那棵大柳树倒塌在地的凄惨样子映入眼帘。虽然刚过早上六点，但大树周围已经圈好了绳子，贴上了写了提醒的纸条："危险！请勿靠近！"

我走到可以走到的最近处，再次屏住了呼吸。离地面大概八十厘米的地方，笔直地撕裂，根还好好地扎在那里，只是树干横着倒向右方。吸足了雨水的黑色树干，裂开很大口子，裂口处的鲜艳的红色，冲击我的视觉。像鲑鱼身体一样的红色，十分娇艳。被风吹到的柳树，树梢一头扎到地上，折成九十度的树干变成"<"的形状，努力地保持与根部的联系。

这场面能够让人看到痛苦的悲鸣，也能看到柳树浮现出的无畏的微笑，仿佛在说，我才不会这么简单地死掉！那抹红色的气势极强，虽然心里觉得不该盯着看，但目光仍是难以转移。

庭院里的"团十郎"

盆栽的朝颜花开了,孤零零的一朵。

这是一棵花是素雅的褐红色,叫作"团十郎"的朝颜。似乎是因为江户时期,第二代市川团十郎出演《暂》这部剧所穿衣服的颜色而命名,但到七月的某个周日,这盆盆栽意外送来之前,我一点儿也不知道。"在附近的鬼子母神的朝颜市场上发现的",朋友们好心地送给我一盆。

向朝颜的盆里浇水已经相隔数十年,心情竟有些激动。怀着新鲜的心情,给朝颜浇水,孜孜不倦地卖力照顾,朝颜像是老实地回应我似的,不断地开花。仿佛是除了"团十郎"以外还种了另外的两个种类,朝颜开的花今天是褐红色,明天是绛紫色,后天是白底的粉色,繁盛开放。每天看着朝颜花开,使苦于酷暑的我也受到了鼓舞。

夏天马上就要过去了，但这盆"团十郎"依然值得表扬地又突然开放了一朵。看着这种拼命抱紧夏季的样子，让我想起了另外的一个光景。时隔数年之后，在今年又看到的烟花。八月十号的傍晚，决定和许久未见的同事见面，约在千驮谷那里的一家店。再去那里的途中看到了烟火。从站台的检票口出来，外面异常拥挤，女孩穿着浴衣的样子也引人注意。神宫外苑举行棒球或者橄榄球等的比赛时，这个站台一定会很拥挤，但今天和那些时候的感觉不一样。一边思索着今夜到底是有什么事情，一边拨开人群，走了五分钟左右，进入一个小的商店街。恰巧是这个时候。

"咚咚……"突然间冰冷的声音响彻整个地区，我连忙回头看，前方，暮色刚起的夜空中，壮美的烟花群。终于明白了。今天是神宫外苑的烟花大会。

声音再次响起。啪啪啪啪。

呆呆地一直站在那里，看着夜空。听见声音这一信号，商店街上的人很亲切的样子，纷纷来到路上。和路上的行人一起肩并肩，向着同一个方向仰起脸。突然注意到，这条长长的直行街道上人们不断停下，好像这里是最好的观景点。

圆圆的巨大的烟花盛放，好像在我脑海里刻下了特别的残影。虽然只是到约定时间之前的几分钟，但商店街前方夜空中出现的烟花，现在都还在脑海里残留。闭上眼帘也好，睁开眼睛也好，八月十日傍晚，光点和流动的光的线条，像活的一样，在天空中奔走，那个光景频频在脑海中再现。

又想起了另一个烟花。山下清的贴花的烟花。

那是山下清的代表作，将昭和二十五年的"长冈烟花大会"和昭和三十年的"两国烟花大会"的烟花情景，精密精致地描绘出来。裸眼所能捕捉到的仅仅一瞬间，但对于山下清来说却是永远。正因为是转瞬即逝的一刻，但在眼底深处，如宝物一样闪现，再从指间溢出。正是因为那是极其生动的记忆，那样如奇迹一般的大作才能产生。

夜空中许许多多的烟花，和突然盛放的一朵朝颜重合。我才突然发现，"团十郎"就是庭院里的烟花啊。

／吃袜子的鞋／

吃袜子的鞋

我有一双很奇妙的鞋。让人恐怖的是,它会从脚后跟开始,把脚上的袜子一点一点地叼下来,最后张开大口,一口把它整个吞下。袜子就这样消失得无影无踪,不留半点痕迹,只剩下光着的脚掌。鞋一脸满足的表情,伸出舌头舔着嘴唇——这当然是玩笑,不过也是事实。

那是一双德国生产的鞋。鞋面是牢牢包裹着脚的黑色厚皮革,底下则是结实的平底。穿着走路,五根脚趾紧紧地抓住大地,有一种非常可靠的结实的踩踏感。但是走路的时候,一步一步,袜子真的会被吃掉。

那究竟是什么样的情况啊? 每踏出一步,和鞋子接触的脚跟部分就受到摩擦,袜子就像被拉扯了一样,从脚踝向鞋子里面滑动。想着不理睬它继续走,这样的过程就会继续进行,最终,脚上的袜子在鞋里面完全被脱下来——鞋把袜子吞下去了!

这真是让人受不了。随意地让袜子堆在脚底很烦人,所以要在道路中间站定,把被吃下去的袜子使劲地拽上来。但是再次走的时候,鞋子还是一点一点地把袜子吃掉,然后咽下去。

虽然也想到说,这种鞋不穿不就行了吗?但是却做不到。那是双穿着很舒服的鞋,即使长距离行走也一点儿都不累,实际上质量很高。时常涂上鞋油并擦亮,每两年换一次鞋底,不知不觉已经穿了六年多,是我非常喜欢的一双鞋。

留心观察,发现它好像也不是喜欢所有的袜子。它有着相应的喜好,虽然吃下去的肯定是袜子之类的,但并未有特定类型。每次伸手拿袜子的时候,并不会想到之后的事情,像往常一样出门开始迈步前行时,才会突然"啊"的一声,慌张起来。每次都是这样。

我脑海里浮现出"适合"这两个字。不适合的东西,怎么着也不适合。即使你往上拉,但滑下去的东西还是会滑下去。虽然袜子已经在相应地抵抗,但是除了屈服于鞋子压倒性的吞咽力量之外，别无他法。并不是哪一方有错，只是不适合。

身上穿的衣物也会有适合不适合的问题。如同宿命，适合不适合也是很严肃的事情。毛线不断刺激皮肤让人发痒的毛衣；袖根处被扯下去并滑到腋下的夹克；打开肩膀时胸前出现多余褶皱的衬衫。可能其他任何人穿着都没有问题，但是对于自己来说，就是会带来很多麻烦。被疏远的毛衣之类的也挺可怜的。

虽然已经知道，但是即使现在，穿那双鞋的时候还是不知所措。停在道路中间，（再次）一边叹着气，一边把袜子拉上来，走了数步之后，又站定下来，自言自语地嘟囔。适不适合真是难办的事啊。鞋子又不声不响地咬住了袜子。

如今的"同居时代"

　　阴沉的雨稀稀疏疏地下个不停。书店老板告知我所定的书已到，所以只好穿上长靴出门去店里取。是本等待很久的刚出版的小说，就决定在回去的时候，去附近的咖啡店，一边喝着咖啡什么的，一边看书。

　　那是平日的下午两点半，客人只有我自己一人。在靠窗的座位上坐下，一边喝着香味很好的危地马拉咖啡一边看刚买的小说。这时，门铃丁零地响起来，进来一对二十五六岁左右的情侣。穿着 T 恤和牛仔裤，虽然下着雨但还是穿着凉鞋。"两杯咖啡"。点完之后，男生马上拿起店里准备的报纸开始看，女生也拿起杂志。现在虽然极少，但是以前这样的情侣很多。虽是学生，但却有一种家庭的沉闷味道。不知道为什么变成那样，但总有一种上了年纪的没有活力的夫妇之感。比如他们在街边的中华料理店，一边看着各自的漫画书，一边默默地吃着豆芽炒肉和饺子。想着这些时，也一并想到了上村一夫的长篇连环画《同居时代》。真是令人怀念的事情。

这样茫无头绪地想着，再次沉迷于小说中。这时男生的声音打破了安静。

"今天的晚饭，吃什么？"

女生抬起头，用慢悠悠的语调，丝毫未间隔地回答道："洋白菜炒肉。"

厉害。这就决定了晚饭的菜了啊！真是钦佩。于是，男生再次开口。

"那，把洋白菜炒肉换成味噌汤，吃纳豆吧！"

虽然完全不明白这句话的意思，但是他满足的表情这一点我还是看出来。最关键的是，这个菜单听起来很好啊。那天晚上，不用说，我也做了洋白菜炒肉。

那之后隔了两个月的某天午后。又是在同样的咖啡店，我像往常一样看着书。门铃丁零地响起，无意中抬起头，哎，那不是上次那个时候的两人吗。今天也是T恤、牛仔裤、拖鞋的打扮。点了咖啡之后，如定好的程序一样，两人从旁边的架子上分别取下报纸和杂志。

我开始期待了。他们肯定会说话，肯定的。虽然视线落在手边的书上，但是耳朵不安地听着动静，哪能看进去书。等了大概有二十分钟。男生看完两张时政报纸和一张体育报纸之后，像往常一样开了口。

"今天的晚饭，吃什么？"

我压制着自己想雀跃的激动，咽了一下唾沫，期待接下来的情节。女生仍然是慢悠悠地回答，但是之间未耽误分毫。

"肉糜沙司。"

厉害！她的脑袋里面一定精确地刻着一张菜单表。虽然是个没什么了不起的菜，但是一种随意的幸福感汹涌的"肉糜沙司"这个回答，还是让人佩服。虽然年轻，但也是很能干的嘛！之后还有对话。

"也做沙拉吧！"

"明白。"

非常酷地答应，那种全部都接受的口吻，像慈母一般。而且女生起身的时候,如同理所当然地从自己的钱包里拿出自己那杯咖啡的五百日元,递给那个男生。

男生未觉得不好意思,而那女生反而更有男子气概。

窝心的口哨

好像是在等谁，一位大叔半身靠在停在路边的汽车，吹起了口哨。迟开的梅花已经盛放，于是总觉得这口哨声有点像黄莺，我一边想着这些，一边认真地听。吹的曲子是《第三人》。最近极少听见口哨声，因此更觉得高兴。于是让自己暂时品味这《第三人》的余韵。春天可以听到非常好的东西。

口哨好像是男人的专属技能一样，怎么都不适合女人。女的拼命地咻咻地吹却仍然吹不响。与之相比，男人吹起细细的轻柔的声音，有一种别样的风趣，真是不可思议。但是，要是那种口哨就算了！那虽然是三十五年前的事情了，但现在想起都还是一脸苦笑。

大学二年级的春假，乘新干线回家。先在东京站乘新干线，在冈山站下车，然后换乘再来线，在仓敷下车。新大阪—冈山之间的新干线的开通是在 1972 年，这时是四年之后，东京到大阪足足要四个小时。现在只要坐上"希望号"一会儿就到，但当时实在是很长的旅途。

故事便如下所述。我在新干线的座位上刚坐好，从后面立刻传来了口哨声。车辆非常空，"这打扰别人了吧"，我这样想，视线仍停留在书上，努力不在意。但是，口哨声渐渐变得愈发明显。我搬开椅背的侧面，发现口哨声明显是冲着这里响。实在讨厌，注意力也难以集中。虽然想着暂时忍耐一下，但是口哨声并没有停止。我轻轻地站起来，决定到自动门外面，也就是车厢连接处的过道站着，暂时打发一下时间。但是，数分钟后自动门打开，出来的就是刚才的口哨男。年龄大概是二十五岁。虽然连脸都没看过，但我为什么知道就是他呢？那是因为，那个男生刚站立在对面的窗户边，就立即开始吹刚才的口哨了。

究竟是想做什么啊？如果视线相汇直接对视的话，估计会引起麻烦吧，所以我挺直身体，继续装着眺望着窗外。再有十五分钟就到名古屋了吧。但是真是无语，男生开始渐渐地在曲子中加入感情了。也就是说，已经开始表达"感情"了。

到这时候终于明白了。该不会是这个男生通过口哨这一手段倾诉吧。如果那样的话，真是相当讨厌。如果要形容那种烦人的样子，最近的"神烦"这个词真是很适合。

男生故意做给人看一样，酝酿着感情，我实在受不了。口哨男倾诉情绪所选择的曲子是《残雪》。1975年，YIRUKA 发行的这支单曲，我非常喜欢。但是我坚决不想在这个时候听。内心的绝望的呼声并未传达到他那里，《残雪》反而已经吹到临近副歌的部分，而且更是到达高潮部分。站立不安并且已经无法待下去的我，突然返回到座位上，收拾自己的行李，逃向另外一节车厢了。

每到春天，就会想起《残雪》这首曲子。但随之而来，也会想到纠缠在耳朵深处的新干线上《残雪》的口哨版本，真是非常让人窝火！

在巴黎的解谜

　　巴黎的男人在风衣和披肩的使用上做得极好。当然女人也是一样，究竟要怎么样才能把那样的小装饰用得那么好呢，一想到就让人叹气。偶然一瞥中，看到一位白发的男性，披着短款的米黄色的风衣，脖子上围着红色的围巾，快步横穿过石阶，那种不在意的感觉真是令人惊呆。开始变冷的傍晚时分，在圣日耳曼德佩的咖啡馆喝着茶，对面的椅子上坐着一位有些呆板的穿着黑色毛衣的中年男人。但当他把带点紫色的漂亮蓝色披肩在头上连续缠几圈时，瞬间就变身成帅气的巴黎小伙，起身离去，只留下我目瞪口呆。不管男性还是女性，那种刻意费心于时尚的风情反而不够充足，随意的打扮真是无可挑剔的出色。

　　这之前的十天，我一直在巴黎住着，感觉知道了一点儿原因。不管怎样，巴黎的天气会变化。比如下雨啊,突然降温啊,一下子放晴温度突然升高啊,因此,像风衣、围巾、披肩这些都是调节温度的道具。也就是说,在巴黎,人们为了熟练使用这些生活道具而锻炼出来实用性的打扮,自有其基础。

"就是这样。巴黎人彻底贯彻'自己的东西要自己守护'这种想法。"

在法国住了将近四十年的岸女士这样说。

"你看,那种让人觉得很有时尚风格的斜挎包的方式,那里面也有着防止被抢的智慧。"

岸女士会思虑周全。一起乘坐地铁时,她说:"我们站在内侧吧!"

"车厢这么空?"我表示疑问后,她解释说在车门附近站着,有可能被出去的人抢走提包。之前也有人戴的金项链被扯走,自己也受到很严重的伤。

"而且我也是,"岸继续说,"要是觉得氛围可疑,会把手放到自己包里来确保安全。这样就能抓住别人的手。有一次我突然叱责身旁的女性,对方平静地辩解说自己什么都没做,但实际上我在包里已经抓住了她的手。"

我们嘀嘀咕咕地说着这些事情,到了换乘很多的夏特雷(Châtelet)站,乘车的人一下子增多。对面的入口处有很大的声音,似乎有什么事情,我把视线投到那边看。四十大几岁的栗色头发的男子,手里拿着几册回本,递给乘客。

"这样说吧。我离婚了,自己独自养孩子,日子非常辛苦。总算有了对象,但又被甩了。现在每天吃饭都没着落。如果觉得可怜,就买一本绘本吧!"

简直像通俗歌谣一样的说辞,我竟对他有一种奇怪的佩服。绘本一本都没有卖掉,男人迅速走向临近的其他车辆。在两站远的圣米歇尔(Saint-Michel)站,这次是一人在车厢里拉手风琴,开始演奏曲子,同伴的大叔拿着募捐箱向前走。

这条街到处都可以看到毫不掩饰地显露着的生活,它们就在那里。人们熟练地打扮,如此时髦,但如果想到那是很在意地保护自己身体的产物,就会觉得巴黎之谜解开了一些。而且,一旦糊涂大意,立马就会遭到背叛的也是巴黎。实际上，我切身体会过那种事情。

那天午后，我和岸女士一起闲逛，从廊巷集中的博纳努韦勒大道去巴黎皇家宫殿那里。十八世纪建造的廊巷有着玻璃的拱廊，内壁是非常优雅的拱形，地板则是大理石铺就的马赛克风格。道路两侧小商店鳞次栉比，古玩店、古邮票店、手工艺品店、丝带及蕾丝店、古书店、首饰店等等，就像珠宝盒或者玩具盒一样。在那里，进邮票店会戴上眼镜，然后摘下眼镜，进蕾丝店再次戴上眼镜仔细地看，然后摘下眼镜放在包里。被这种近似愚蠢的行为弄得忙个不停，自己都开始厌烦了。

有一种模糊的预感（这样再不丢反而奇怪了）。

为了确认街道名字，我必须要停下来站在那里看地图，眼镜拿进拿出的麻烦达到最高点。

走过数个廊巷之后，我们决定在巴黎皇家宫殿中庭旁边的咖啡店喝茶。一边眺望中年男人们在中庭玩着投球的姿势，一边翻开递过来的菜单，并从包中取出眼镜。

哎,眼镜不见了!慌忙在包里面翻找,但是没有就是没有。没有眼镜的话,我就像瞎子一样。一边心虚不安,一边认真地把时间往回捯,想是在哪里丢的。

"在那里吧,邮局!"

岸女士开口道。在廊巷里闲逛的途中,我去了邮局买邮票。那个时候为了看清楚邮票的价格,对,确实用眼镜了。

噌地站起来结完账,两人再次去邮局。

(一定要找到啊!一定要在那里啊!)

我以身体快要倾倒的姿势快步走着,在法国住了四十年的岸看透我心里的想法,告诉我说:

"巴黎就是这样。稍微有一点儿不注意,眼镜马上就被拿走了。我也是,朋友也是,不知道重买了多少次。只是一个瞬间视线离开,眼镜绝对会丢失。巴黎就是眼镜的陷阱。"

她是在委婉地告诉我在这里的生活方式。对于人们使用的眼镜,抱着别人发现后等着某位失主回来取的想法反而天真了。

到了邮局。岸女士到窗口把事情详细地说明，对方毫无迟疑地说：

"啊！她戴的眼镜啊！我有印象。因为特征挺明显的。不过，不在这里。"

其他的职员从后面拿出来的"失物招领箱"都没有确认，她又一次用强硬的口气断定：

"这里没有！"

只能回去了。我们在邮票角附近翻个底朝天，但还是没有发现，便失望地离开那里。

"真是奇怪……"

但是，能做的也只是上面那些。除了彻底放弃以外没有其他选择。都是自己不在意才把它丢了。我被这种自责打击着，去了附近的药店。总之先买一个一百四十欧的便宜老花镜。

测体重的生意

还有这一招啊！我张着嘴呆立在那里。世界上居然存在这样的生意！

气温超过四十摄氏度的灼热的印度，旧德里的一条马路上，一个枯瘦的棕色皮肤的中年男子，把一台浅蓝色的小型台秤扑的一声放在路上，自己斜依在街景树上。台秤的四方形平台上布满铁锈，是那种站上去，脚下的指针就会移动指示数字的非常常见的秤。那一瞬间我完全糊涂，不知道他要做什么，但马上就明白了。哈，那个男人是收取台秤使用费的"小贩"啊！旁边的纸片上写着"30Rs."。使用一次的金额是三十卢比。为了防止被风吹走，他聪明地在纸的边缘压上小石头。

无数的念头在我脑海中翻滚。他是懒惰的人，还是坚强的人，或者是耐性很强的人？是聪明，还是傻？

比起从早到晚守着体重仪,做其他的工作不是更赚钱吗?我住在附近的宾馆,每次外出都要从那前面经过,但是这四天之中,没有看到任何一个客人,也没有看到有人留意到他。不,莫非这并不是工作,而是爱好?

男人一脸若无其事的样子,从上午开始就一直站在那里。靠着景观树,也不招揽客人,只是注视着街道打发时间,仿佛在说这就是我的营业方针一样。他穿着发皱的白色化纤衬衫,裤子裤脚卷起,脚上穿着拖鞋。相貌其实一表堂堂,反而是我一开始眼拙没有看出来。

神奇的事情,一旦知道其存在之后,就会不断遇见。做测体重生意的人就一再出现在我的视线中。第二次是在泰国的曼谷。这次是在暹罗广场的过街天桥上。崭新的电子秤锃亮耀眼,但依然是无人驻足。尽管如此,男人坐在折叠的椅子上,耿直地做着体重仪的看护人。

第三次遇到同样的人是在中国华北,河北省的集市上。从北京坐汽车一路摇晃到河北省的第一天,首先想溜达去市场看看。"集市，在哪里？"我靠着写字边问边找，最后看到了一片空地上人头攒动。仔细看过去，小的露天商店连成一片。卖锅碗瓢勺的、卖文具的、卖车配件的、卖书画古董的、卖内衣的、卖洗发水的、卖鞋的、卖衣架的、卖肥皂的、卖杂志的、卖锤子和五金的、卖收音机的、卖盆栽的、卖螺丝的、卖雨伞的、卖婴儿服装的、卖碗筷的。露天的商店里满满地摆着新东西、旧东西、干净的东西、脏乱的东西、能够使用的东西、不能使用的东西、好的东西、没有用的东西。

做测体重生意的男人就在这种喧闹中，有些心不在焉地站在那里。褪色的秤上面布满尘土，更显得黑乎乎的。和曼谷一样，这里也没有标出价格。"店主"是一个穿着开襟衬衫，方格纹裤子，头发垂着的年轻男子，紧紧地守着自己所占的狭窄的一角区域。

我暂时走开，之后突然回头，在人群的对面还是可以看到那个做测体重生意的男子。他依然是和刚才一模一样的姿势。印度的和曼谷的也是这样。这究竟是一种什么样的修行啊？

被批评的人也有招数

　　人行道上，一个老奶奶正掐着腰，狠狠地训着小孙子。小男孩头上戴着黄色的幼儿园帽子，上面的塑料带子挂在鼻子下面，看上去很滑稽。我站在两个人旁边，等红灯变绿，这时听见了掺杂着叹气的声音。

　　"都不知道说了你多少遍了。不要每次都要停下来看小狗的粪便啊。万一染上严重的病，奶奶都不知道。"

　　哎呀，要是让他毫不嫌弃地观察狗的粪便之类的，也许以后就成为肩负未来的科学家呢！不过奶奶说得也有道理。要是男孩在路上目不转睛地观察，站在旁边等待一定非常烦人，每次去幼儿园接他也许都会让人畏惧了吧。奶奶批评孙子的语气中也混着恳求的感觉，就如同路边相声一样。

　　但是，叱责和发怒区别很大。叱责的时候，心底有希望对方成长的关爱之意。而发怒的时候，总是"想发怒"的情绪先出来，然后一个劲儿地发泄。要是发怒的本人渐渐变得昂扬起来，那就更棘手了。不讲道理的语言之箭像雨点般飞过来，被骂的一方必须要有相应的盾牌。

已经是二十年前的事情了，但很奇怪地突然清楚地浮现在脑海。那是给某个有名的外国香肠写报道的时候。合约说好要把商标也一块儿印在报道页面上，但是并没有人告诉我，全权处理的广告代理公司的负责人也没有注意。结果进口商的负责人对没有带商标的那篇报道很生气，写报道的我和广告代理公司的大叔就被叫过去了。

因为是要去挨训斥，心里不免垂头丧气，不过如果被骂一顿就能把这事情结束倒也不差。在约定的时间，我们两个人凑齐去到那里，出现在我们面前的是一个三十岁上下，感觉特别有才能的美女科长。大叔自我介绍后，"啊！是你们啊！"她翘着下巴，催赶我们去走廊尽头的会议室。怒意满满的她走在前头，高跟鞋发出咔咔的气派的响声。

就在那个时候:美女科长捡起走廊上掉落的名片的姿势非常难看。她腰没有弯就伸手捡,所以短裙一瞬间就蹿了上去,眼前的景象无比刺眼。穿着西装打着领带的大叔在后面停下来,脸上浮出无所畏的微笑,并看向我。我慌忙地把眼神转到其他地方。

美女科长不分青红皂白地不断批评,即便是我有做得不对的地方,也渐渐有了她不讲理的感觉。任凭其批评,几句正确的话被重复了无数次,听起来像坏了的唱片一样,反而让人觉得可悲。我忍受着她一个劲儿的如雨点般的怒气,脑袋里面却频繁出现了一个场面,虽然有些对不住她,但是就是刚才在走廊上刺眼的一幕。总算从这审讯犯人的地方解放,走到外面的时候,已经到忍耐极限的大叔看着我,再次显出那意味深长的微笑。

被批评的人也有招数。奶奶批评时,小男孩不也时不时地悄悄地玩弄鼻子下面的塑料带吗?信号灯变绿,男孩迅速跑走,在前面等着走过人行道的奶奶,脸上依旧是有些滑稽的表情。

不说出来的约定

　　刚进入社会的年轻人，显眼得不可思议。比如他们在站台站着等电车的时候，(啊，那是刚工作的人！)我虽然也不是工薪族，但是就是知道。就像一年级的小学生，崭新的书包对应着他们无比纯真的样子一样，这些人还穿不惯的西装套装上，有如薄膜一样的紧张感，不管怎样都浮在身上。我很想悄悄地走到他们身后，和他们打声招呼，"要加油哟！"但还是算了。站在那里思考起自己的过往。成为大人，相应地见过了各种各样的事情(甚至有些事不知道反而更好)，不过要渡过社会惊涛骇浪，需要的桨还有许多。

　　直到成人之前都没有想象到的事情有很多，其中之一是下面这个：

　　"被人说实话的时候人们会觉得难堪。"

　　有一次学生时代自主研讨小组的伙伴聚会，十几个人,有男有女。大家三三两两地到了会场的小酒店,准时开始时,只有一个人没来到。想着到底是谁,发现原来是从前就有迟到习惯的一个男生。"人总是不会变啊。"我边想着边尽兴地同他们进行许久未有的闲聊。过了二十分钟左右,男生气喘吁吁地跑进了屋里。

"抱歉抱歉,迟到了。正准备出公司,突然有一些必须做的琐事。"

鼻头都流着汗,看起来是跑着过来的。

"提前做好啊。算了算了,赶紧坐下喝点啤酒什么吧!"

有人发话。他走向空着的座位上,正要坐下的时候,又有人说话了。

"你小子,一点儿都没变啊!总是迟到!"

尖锐的吐槽。一瞬间尴尬的沉默笼罩了整个屋里。但是,间不容发地又有其他的声音出现。

"喂,那可是我们不说出来的约定哟!"

大家都哈哈地笑起来,凝结的空气融化,顺利地变成:"那,我们再干一杯!"救场的是聚会的召集人。

很早的时候他就非常擅长调解人际关系。

"不说出来的约定"是大人们的说辞。它首先认可说出的人，另一方面也对被说之人伸出救援之手。这句话巧妙地发挥了第三者的立场，两方都能容易接受，顺便有效地压下了这件事，将场面圆了回来。不过虽然很正确，但是被说的那个人依旧进退两难。所以这是稳健地批评别人的说辞。

这句话也是一个方便好用的防御语言。前几天，朋友邀请我，说有一个非常好的电脑的研修会。我含蓄地回答说我没有时间啊。结果对方彻底放弃我了，"反正你也没有兴趣吧。"因此我回应道："那可是不说出来的约定哟！"

即使是我，也还是有一点点上进心的啊。

这样说起来，还有类似的说辞。

那是大家都知道的寅次郎的逞强话。和奥一大吵一架，结果寅次郎立刻从演戏中出来，说了那句话①。

---

① 寅次郎的口头禅"要是说出那些来就惨了（それを言っちゃあ、おしまいよ）"。

其中"那些"就是"真正的想法"。内心的想法要是说出来，就进退两难了。男人很辛苦。女人也很辛苦。这个世界就是如此。

老爷子的教导

和 T 氏在聊工作的事情，透过咖啡店的玻璃窗，看到对面的阴影处有一位老爷爷摆了一个擦皮鞋的摊位，卖力地工作。客人是一位穿着半袖衬衫的四十岁左右的男性。他伸着左脚，啪啪地摇着扇子，挺像回事的。

"擦皮鞋之类的现在真是少见啊。那个客人，大大方方的，挺好的。"

T 氏说道。接着又开口说："接受服务的时候就要大大方方的。这是我家老爷子给我的教导。实际上，我小的时候在泰国住了三年。"

哎，然后呢？对于这一意外的故事，我探出身子听他讲。

"我父亲是工程师，被调到了泰国，一家人就搬到了曼谷。当时非常震惊。在东京住的屋子很狭窄，突然换成从院门到屋子门口要花几分钟的大别墅,还配了女佣和司机。母亲不知所措,司机暂且不论,女佣是肯定不需要的,为此还发脾气。但是父亲安慰说那边都是这样的。"

我好像之前也听过类似的故事。那是从丈夫调职的马来西亚回来的朋友的事情。在那边,往来豪宅的女佣有两人,司机有一人,平常的购物完全拜托给她们,自己即便想去市场买,但是要真是胡乱地去的话,会夺走女佣的工作。五年的调动期结束后回国,大约经过了一年,朋友在新宿的商场购物,两手提着纸袋走到外面。当时仍然觉得来接的车会迅速开到她面前,司机把车门打开。注意到自己这个想法之后十分愕然。她和我说,当时自己脸羞得通红。生活的差别可以改过来,但是经济结构和文化的差别似乎已经侵入内心了。

T氏的故事继续。

"住了三年以后就回国了。但我高三的时候父亲又有被调到泰国的命令。因为临近考试,这次就只是父母搬过去了。"

就这样，父母在曼谷生活，而孩子则过着不同的生活。那是大四时的正月，顺利签下了工作，和两位朋友一起去曼谷的家玩儿。父亲说了"今天带你们几个去好地方"，大家都很期待。那天去了一个超大的酒吧，坐在包厢之后，女服务员们如云霞般进来，连拿放筷子(仅仅是个例子)都围着要给你帮忙，我们十分狼狈，向旁边的父亲投出求助的眼神。但是，平时很苛刻的父亲接受她们那样的服务，笑容满面地，好像一位和蔼慈祥的老爷爷。我们这边只能仰天长叹。那时，对着不知所措身体僵硬的三个人，这个长辈严肃地告诉我们一句话：

"客人也有客人的礼节。你们几个，大大方方点！"

T氏说，在家里严谨耿直的父亲，为何要特意让他们见识即使不看也行的场面，等到长大之后才开始明白。

"在独自生活的儿子要进入社会的时候，他要亲自教我一些构成社会的种种东西。"

"不过，那个时候老爷子色眯眯的样子还是让我震惊到了"，T氏苦笑着说。他品着咖啡，将视线从擦皮鞋的场景转回。那时刚好是那位客人起身，要从钱包里取出钱的时候。

踩上地雷

　　许久未去商场的化妆品那层。只是想补一瓶化妆水，但双脚一踏入，就被绚烂豪华的色与味的洪水裹挟，再次畏惧起来。本来对每个季节上市的多如繁星的新产品就不懂，信息不足之上再加上知识不足，因此置身于无数的化妆品之间，每次都是呆若木鸡。

　　一定是对化妆的探索心不足吧。每次打开杂志看到美容相关的报道，就会心生焦虑，觉得自己"一直这样怎么行啊"，可那份急躁反而常常导向了简单的选择："算了，就这样吧""凡事还是任其自然吧"。心里总是会在意"岁月不饶人"这句话，那时就会突然反省，心里涌出干劲，迈向卖化妆品的地方。

　　就在过道旁边，漂亮的售货员姑娘一个劲儿地向我推销新上市的粉底和美容液。不过，我并没有能踏入下一步。

虽然她逻辑清晰，立着的板子上写的商品说明也令人认同，但是光是这些并不能让人判断好坏。而在此之前的"这对自己是否有必要"这个问题，从那上面也几乎判断不出来，内心不免仓皇。我嗯嗯地听着她说，才知道仅仅是用卸妆油，就要分成三步，更体会到自己的愚蠢。

最终还是失败了。这次又和往日一样，只补充了睫毛液和化妆水就回去了。感受着从亢奋中脱身的解放感，心里想的是这次又没有进步。虽然维持现状肯定会"岁月不饶人"，但我还是成了夹着尾巴垂头丧气地逃走的败犬。

大的地雷，小的地雷，布满社会各处。只是买个东西，但依然能觉察到自己真是无能，比如应对办卡的。洗衣店、电器店、超市等等都是。前几日，买秋刀鱼的也遇到办理会员卡的问题。在大企业的水产店，在收银台打开钱包要付钱时，对方立刻问道："有会员卡吗？"

真是很突然的问询。

"没有。"

接下来自动地切换成了推销。

"要办一张吗?注册之后可以有打折。非常便利!"

我只是想买秋刀鱼而已，不想这件事太往下继续。

"不了,这次就先算了。"

为什么要说"这次就先算了",自己的没出息真是让人伤心!

我毫无巧妙区分这些店铺种类繁多的会员卡的精力和能力,对于这种劝诱只是一味地推辞。而且,一个个都点头的话,钱包里面瞬间就全是卡片了。

但是,提着秋刀鱼开始回去的时候,其他的想法出现在脑子里。

(没办卡的话,我是不是会吃亏啊？)

一颗小地雷在脚下爆炸!

虽只是买东西而已,但是一个侧滑,就被拖入到计算得失之中,让人烦恼。尽管觉得没有道理,可大部分场合,我都会变成败军之犬,而心情也慢慢地变得沮丧了。

化妆——一个人的戏剧

可以看到"结果",却看不到"过程"。因此,一个人化妆的样子便会惹人联想。井上厦有一部戏剧叫作《化妆》,故事是讲一位流动剧团的女团长化妆的过程中,实际的人生和剧中的角色重叠在一起的独幕剧。渡边美佐子连续演了二十八年,那也是她的得意之作。本来,正在化妆的姿势,就带着窥视到他人秘密的兴奋感。

那天在地铁里看书。因为是在始发站上车,途中能够沉迷书中二十分钟左右,但是不经意抬起头时一下子惊住了:对面座椅上的年轻女性正在认真地化妆!年纪大约二十五六岁,白色的衬衫,外面是米黄色的西服套装,长相稍微有点像苍井优。阳光照射的车厢内,她稳重的打扮和大胆的行为所营造出的不和谐,一下子吸引了人们的注意。

现在在车厢里化妆不算稀奇，但是车厢里不知不觉就充满了迫使其出去的压力。她从包里费力地取出小袋子，从中再拿出小盒。用指尖抠出一些粉底霜，一边看着小镜子一边涂堆在脸上的六个地方，再用粉扑把它扑匀。居然真的是从零开始的化妆！

这项工作顺利地进行。

"苍井优"左手固定着镜子，右手用眉笔描眉。接下来，换成小毛刷，在眼睑上先涂上焦茶色的眼影膏，再涂灰白色的。手法极其精确，毫不慌乱。与此相反，旁边座椅上的老年女性反而有了反应，开始坐立不安。好像是批评她似的，直直地盯着她的手。但是，"苍井优"完全不为所动。

我不禁想起三年前遇到的"化妆事件"。也是一样在电车的座位上，一个年轻的女性开始化妆，旁边坐着的是一位头发斑白的女性。我在她们前面，抓着吊环站着。终于，斑白头发的女性开始行动，在要下车的时候，发起了一次很严厉的攻击。

"请在别人看不到的地方化妆！"

化妆的女性有点发蒙，但对方再一次批评道："有句话叫作'正因为秘密才会美'[①]，请你记住！"

门开后，老人就侧身出去了。但是女性平稳的姿态并没有动摇，继续自己的程序。过了两站之后时，她精确地涂上口红之后结束化妆，下了车。仍在车内漂浮的那句"正因为秘密才会美"的回响，让她也坐立不安了。

即便是眼前的这位"苍井优"，也是令人惊呆的。令我倒吸一口凉气的时候，是她开始描眼线。她把镜子一下子挪动到下方，下巴抬高，拉下眼睑，露出睫毛的根部，在那里用眼线笔笔尖，咻地描出一条极细的黑色线条，真是完美！这位对地铁的震动和周围的目光不以为意的"杂技演员"，让我相当佩服。接下来是最后一步的涂睫毛液了。

我看向她旁边的大妈，仿佛是这种丝毫不惧外人眼光的作风太超脱想象，或者是目瞪口呆，反正已经

---

① 世阿弥所写的能剧理论书《风姿花传》中的经典句子，"秘すれば花"，意思是正因为是秘密，所以才有了新鲜感，才有了美。

是完全无所谓的样子了。而对我来说，却对这场极难看到的高级教程入迷，视线已经无法从一点一点地完成化妆的"苍井优"的独幕剧中离开了。

超现实的坑

薄雾的日子

从市中心的文具店回家,提前一站下了车。似乎已经过了下午三点,太阳西沉得厉害。许久没有在附近走过,于是决定绕个大弯,步行三十分钟左右回家。

大卡车如连珠般一个接一个,在国道上暴走。穿过国道,进入住宅密集的小区,立刻寂静安闲得让人觉得不真实。不过,庭院在激烈地辩论:"我这里桂花芳香四溢""我这里现在正是波斯菊盛放"。它们激烈地说着,宛如移动的植物图鉴一般。

穿过小巷向前走,在帐篷顶是黄绿横纹的牛奶配送店那里转弯。记忆中的一个粉红色的公用电话变得相当老旧,已成黑褐色,让人觉得挺可怜的。我不觉把视线转向其他地方。于是,从那个方向,一个奇妙的人影飞到视野之中。

带着一只柴犬的老爷子正撑着黑色的晴雨双用伞。他面对着万里无云的晴天，一点儿都不觉得迷惑，堂堂正正地高高地举着伞。我惊讶得说不出话，嗓子像突然粘在一起一样，呼吸都忘了。我直直地盯着，顾不得是否得当，那位头发斑白的老爷子的头上，果然还是罩着黑色的伞。

瞬间我有个想法：莫非，没有注意到下雨的人反而是我？

小柴犬跟在后面，老爷子悠然地走近。擦肩而过的时候，突然转动了一下伞柄，如同是和我打招呼一般。

晴朗的秋日

散步的时候都会顺便走到自然公园，沿着池塘周围的步行道走。这时，荷花大部分都枯萎了。一只小的白鹭停在点缀公园的石头上，白色的脑袋不安地东张西望，很是可爱。突然感觉已经开始很冷了，于是我拉紧了衣领,一个扎着马尾辫的三十多岁的女性突然从我身边走过。我眼前出现了一张脸——她和我对面,也就是说她在向后走!那位女性严肃地定眼看着自己前面,视线一动不动,如无表情的能面一样。

她穿着跑步的服装。难道这是新式的逆行训练?我怀疑起了自己。

"莫非,倒着走的反而是我?"

似乎是从夜里就开始下雨的日子

去附近的书店。在新书区域摆放的自己的新书面前,小气地数着剩下的数量。已经卖了十本的样子,心里有一点儿安心,但又有很大的不安。为了平静这复杂情绪,我走到旅行书的区域。要伸手去取一本数周前旅行去过的濑户内海的指南时,嗯?我突然停下脚步。

一位大叔在紧身裤外面套了一件毛衣。脚穿在毛衣袖子那里,像穿裤子一样把毛衣提到屁股的位置,多出来部分被紧紧地绑在腰下。上身穿着平常的衬衫。毛衣领在裆的位置,因此那里应该开了一个洞的,不过遗憾的是无法确认。不可能有的!假的吧!我擦了擦眼睛,但是不管看多少次,那确实是毛衣!我反而胆怯起来。

"莫非,不知道毛衣怎么穿的反而是我?"

代代木先生

　　高中的时候,同年级有一个姓"乜"①的女生。那是一个天主教的私立女子高中,除了附属中学直接升上来的以外,也会招收从周围县里来的学生。和她们基本上都是第一次见面,乜就是外县的。

　　乜的眼睛眼角细长,看起来非常聪明,是一个文文静静的女生。我俩都是孤单单地坐在教室的角落,因此我很想和她说话,但是总觉得她难以接近。可能就是因为名字的原因吧。

　　尽管心里特别想要打招呼,但是却不知道姓名。不,并不是不知道,而是不知道怎么读。看汉字根本没有读音的线索,觉得自己如同手脚被绑住的不倒翁一

---

① 原文为"御厨",日语读音为"みくりや",在日语中是比较难认且不太好猜出读音的姓氏,这里意译为"乜",以表示难认且不太好猜出读音之意。下文中的日语古文也采取意译。

样。现在想来,直接问本人就好了啊,但是那时作为新入学的高中生还没有这种勇气,于是从第一天开始就突然遇到小小的打击。

接着,上课的第一天,到了古文课的时间。翻开崭新的古文课本,"畴咨若时登庸""允厘百工""顾諟天之明命""克明峻德"……满是陌生的语言。我感到气馁,头脑茫然一片,这时古文老师一只手拿着座位表走进了教室。

首先是点名。一个一个地点,被叫到的同学答"到"。点到乜了。古文老师虽然只是极短地瞥了一下名单,但一点儿都不困惑,干脆大声地点道:

"乜××。"

哇。教室里响起感叹的声音。我们在开学典礼之后介绍自己的时候,知道她自己口中读作 niè,但是古文老师第一次看见就利落地读出。这感叹的声音,是全班学生都同我怀有一样的心情的证据。从那以后一直到现在,我身边再也没有出现新的姓乜的人。她和乜这个字音一同鲜活地留在我的记忆中。

另一方面,也有不知为何就是很难同眼前之人对上的姓名。虽然人不一样,但是我就有将"山田"和"田中"随意弄混的讨厌毛病。总是想把"田中"叫成"山田",把"山田"叫成"田中"。有时面对本人,会突然困惑,"哎,他是哪个?"脑袋混乱,之后心里觉得"确定就是他了",毅然喊出"田中"的名字。结果对方愤然地说:"喂,我叫山!田!"实在抱歉!实在抱歉!我把腰弯成四十五度一边鞠躬一边拼命地挽回。为了不踩那些地雷,较之"山田"和"田中"这种姓氏,我反而是记住了他们的名字。

最终,在昨天,我去见一个自称是"世界上给人印象最浅的人"。S出版公司的编辑,三十多岁的男性,姓佐佐木。

佐佐木说:"即使已经见了很多次,许多时候还是总被人说'初级见面,请多照顾'。更有甚者,有时还会被叫作'代代木'"。

他是一个节制稳重的男性,并非完全不明白。不过,我却突然想到,给人留下印象如此稀薄,反而是值得炫耀的一种特别的存在感吧。

浦村先生"晒背"

有时候会突然觉得,啊,时间缓慢了下来。那种感觉,就像松紧带慢慢伸开变松一样。以前,外套内衣之类都是松紧带的,有时它毫无前兆地变松。人就慌张起来,往上提,再往上提,回到家里慌慌张张地将它换掉,也不嫌麻烦。

暖和的日子,时间也会过得很缓慢。有一天,早起便是蓝得让人觉得有些假的晴天,气温舒服地升高。我等着和朋友见面,于是坐在装着玻璃的咖啡店的窗边,从东边照进来灿然的光线,十分温暖,让人觉得像进入了怀炉里一样。

哎,那是什么?

我心不在焉地看向外面,一个穿黑色夹克的男子在对面巷子的拐角处站着,闭着眼,陶醉在"释放灵力"之中。就在那个地方,明显看出时间膨胀起来,慢慢流动。

对面看不到这里，我便利用这个优势目不转睛地观察他。"嫌疑人"面对着太阳站着，脸向着天空，双目紧闭，直立着一动不动。他究竟在干什么呢？

哇，他终于动了。熟悉的黑框眼镜。我惊吓地探出身子，那不是我朋友浦村吗？在这种地方，你究竟是……真是让人纳闷，吓我一跳。

以前他说着这样的话。

"我有偏头痛。"

有一次我们聊到互相的身体情况时，他说最近找到了一个消除偏头痛的好方法。"在晴朗的日子里，向着太阳站立，让脑袋吸收阳光。双目紧闭，只是左右晃动脑袋。这样，真的能减轻偏头疼！"

浦村刚才就是在街道中的那个巷子拐角处做那时候说的偏头痛消除法吧！哈哈。我推测他是没有抵抗住今天极好的阳光的诱惑，不自觉地做了。

总之我先看着，过了两三分钟，浦村似乎很满足地走向车站的方向。他目不斜视地快步前行，一脸什么事都没有的表情。但是,在街道里大大方方地做着"可疑事情"的浦村,展示了一种不明所以的崇高的感觉。只在那里,时针的指针柔和地弯曲,优雅地缓慢地转动。

那种感觉很像某种东西,但我一直想不起来。前天沿着河沿走着,突然想起来了,"啊。原来是那个啊!"心里的石头终于落地。

乌龟晒背。

依然是天气很好的午后,散步的时候顺便探访自然。河畔突出来的树桩上面趴着一只乌龟。四只脚叉开使劲站着,后背对着太阳的方向,头高高地扬起,极力伸展。它完全静止,一点点微小的动作都没有,悠然地如铜像一般。那片小区域,仿佛被永恒不变的时间包围,变成极其优雅的风景。

我很想和它说话。

"喂!乌龟。晒背看上去很舒服啊!"

乌龟什么也没回答。我望着龟甲上似雕刻一般的纹路,在那里时间也很缓慢,我好像悄悄地看到了世界的秘密。

午后也请开朗

我暗地里叫那个老爷子"高雅先生"。国字脸，皮肤很厚，看上去不怒自威，但是若突然表情放松，就有一种不可思议的和蔼可亲。他总是让我想起素雅的名配角身上的高雅风格，于是就偷偷地擅自给他起了这个名字。只是在附近偶尔遇见，当然不知道他真正的名字。

在路边遇见的"高雅先生"，总是不开心地哭丧着脸，十分严肃。但是实际上完全不是这样。去年春天，刚好是赏樱花的时候。我去经常去吃午饭的那家套餐店，看见"高雅先生"和一位年纪相仿的朋友一起进去。"高雅先生"也来这家店啊，我这样想的时候，店里的女服务员亲切地迎接，对他们说"你好"。

"今天阳光非常好，您去赏花了吗？"

结果，"高雅先生"破颜一笑，非常阳光地回答：

"说什么呢。我刚刚不就在赏'花'吗？"

"哟，对吧。"他征求同伴的同意，哈哈哈地开朗地笑起来。这当然不是调戏，而是对着和孙女一样大的女孩郑重地传达赞美，店里的空气也一下子融化了。女孩虽然回复说"讨厌啦"，但还是很高兴地问他们："今天要点什么啊？"开始下单。

高雅先生真是可爱。肉丸子套餐被送来后，他立即大口地吃着，边吃边说"嗯，好吃"。他很同意似的点着头，之后立刻走向厨房的方向，伸着头向里面说："很好吃啊，这个！"

"谢谢！"厨房里的青年很高兴地大声答道。高雅先生的脸上一下子绽开了满足的微笑，不慌不忙地走回座位。

如此开朗的老人真好啊！我也被感染得开心起来。在不断重叠堆积的年轮带来重压下，某个时刻你一下子从重力的支配中解放出来，浑身轻松。高雅先生周身带着超然之感，似乎在说人生中会有这样的瞬间到来的时候。

这样说起来，最近都没有遇到高雅先生了。他还好吧。没有任何逻辑，但在我走路时脑海中浮现他的脸的几天后，我又看到他了。

去许久未去的有很好吃的蛋糕的咖啡店，一边喝着红茶一边随性地看书，这时高雅先生戴着鸭舌帽慢吞吞地进来。今天带着年纪相仿的老奶奶，看起来应该是他的夫人。

我要从椅子上滑了下来。

女服务员问："您点些什么啊？"

于是，坐在椅子上的高雅先生立刻回答：

"我点一个草莓巴伐利亚蛋糕，像你脸颊一样的粉红色的。"

常用的一招。高雅先生很容易看透嘛。于是，老奶奶啪地插话进去。

"那我要一个巧克力蛋糕，和这个老头子脸一样的黑的！"

极漂亮的回应！笑得我肚子疼，端着的红茶表面不停晃动。有其夫就有其妻。两个人斗着嘴，哈哈地笑起来。草莓巴伐利亚蛋糕和巧克力蛋糕送过来了。高雅先生"哦"地探起身子，吃了一口后，笑逐颜开，递上盘子，对着对面的老奶奶说："很好吃哟。来，你也吃一点儿！"

书店是城市的缩影

以前,某晚报上登有一篇文章,写的是书店里的神奇顾客。我最赞赏的是其中一位男性顾客,他"每天晚上来书店站着看同一本书,每次都用书签带标记,花了一周看完那本书"。本来书店也不认输,那位客人走后,店员悄悄地把书签带向前移一些,不断地进行"攻防战",让人觉得很好笑!(对书店说声抱歉!)

书店宛如顾客的展览会,不缺意料之外的事情。之前我也写过在书店里遇见一位裤子外面穿着毛衣的奇葩打扮风格的大叔。那之后很多读者和我说,"怎么可能,毛衣那件事应该是假的吧"。抱歉,那确实是真的。那位大叔确实是"穿着"毛衣。

不过,前不久读一本登山的书,突然"啊"的一声。在装备那一节,正是这样写着:气温不断下降,所以要在腿上穿上毛衣。毛衣上半身、下半身都可以穿,实际上是很便利的御寒装备。虽然下半身能够穿毛衣，但是上半身却不能穿保暖裤。

我想象一下强行把脸塞进保暖裤里的画面，不禁笑喷。不过，心里想着原来如此，实际上那是一个逆向的思维吧，也便接受了。那个大叔是住在山上的人！虽然下到市区，但仍然发挥了山上的防寒方法。一定是这样。神奇的打扮虽然极其不可思议，但是原来如此。明白了！

因此，我想起了戈达尔的电影《女人就是女人》。让-克劳德·布里亚利饰演在巴黎平民区书店工作的丈夫。与他同居的脱衣舞娘则由和戈达尔刚结婚不久的安娜·卡里娜饰演。让-保罗·贝尔蒙多等人也有登场。

那不愧是戈达尔的第一部彩色电影，色彩的组合方式非常有趣。卡里娜的时尚风格也很鲜明，纯红色的开襟毛衣，如烙印在眼里一般，现在都还难以忘记。最初卡里娜只是穿着普通的前开襟毛衣，之后则是穿着同样的纯红色的圆领毛衣登场，但她转身时，毛衣后面却出现了一排扣子。

"啊！那个圆领的毛衣就是之前的开襟毛衣啊！"

那就是巴黎的时尚吧。这别具一格的穿法，非常可爱。经典电影放映影院的黑暗中，已成年的大学生非常激动，立刻模仿起"反穿开襟毛衣"这一穿衣方式了。戈达尔这部可爱的电影里，也隐藏着将节约和奇思妙想变成创新的做法。

即使现在我有时也会反穿一下开襟毛衣。不过，要是在书店里选书的时候那样，或许会被其他人说："啊！一个反穿开襟毛衣的怪人！"

这样想，书店似乎是社会的缩影。我熟悉的一家书店的角落里放着一台复印机，不过在机器前面的墙上贴了一张纸条，上面写着：请购书之后再复印！

不会吧，应该没人会把没买的书拿来整个复印，再把原书放回书架把复印本带回家吧。我不太能相信这个，索性问了一下店员，结果惊讶到无语。

"不，实际上有很多人那样做啊！"

扫落叶的界线在哪里?

竹扫帚的声音沙、沙、沙地作响,是贴在地面上的所有无用的东西被扫飞的声音,听起来很舒服。系着围裙的婆婆像是知道我这个过客的心情似的,沙、沙,专心地挥动着扫帚。

较之历年,今年颇为温暖。但是,季节仍相应变化,植物也自然要落叶。放置不管,落叶不断堆积,那条路若是私人道路①,最终必须要设法清理。

看见那位婆婆手持扫帚的样子,实际上不是首次,甚至我已经清楚婆婆扫地的癖好了。一侧扫完后,婆婆会手肘保持直角,规范标准地变换姿势,接着扫另外一侧。此外婆婆还有一个自己的原则。

---

① 指土地私有者为共用交通提供的道路。日本为土地私有制,因此存在私人道路。

她握着竹扫帚，沿着自家门前的道路半步半步地边挪动边用心地打扫，不过到了房子侧面一米左右的地方就戛然而止，一直都是如此。我特意观察之后发现从一米范围内那个位置开始，对面也恰如其分地接上，落叶扫得干干净净。

婆婆有自己的原则。

"扫地，要扫到稍微超过自家房子两侧的地方。但是那之外就不要碰了。"

再凝神观察，发现婆婆扫的距离刚好是与对面的房子相隔距离的这边一半。

我恍然大悟。与左右街坊乃至世人交往的要诀就在这里。做过了的话会遭厌恶，但若自顾自家领地范围又会被认为自私而惹起矛盾。脑海中片刻想起了渔业权、所有权之类的词语。围绕着"所有物"而生出的微妙的进退，是世间的常态。

人们不断揣摩这样那样的微妙心理，尽量做得对谁都不失礼节。经年累月的训练而获致的智慧和经验全部发挥的结果，无疑就是婆婆扫落叶时的这一原则。这普通的晚秋的光景中,透露出世事艰难之中邻里交往的实情。

现在我住的是集体住宅,每周三天都会有负责清扫房子垃圾的专职阿姨过来,路上的落叶清扫工作也由阿姨负责,所以我逃掉了眼下的扫落叶的任务。每次偶遇阿姨打扫门前落叶或者垃圾时,都会低头道声"谢谢"。"谢谢"之中包含了自己住的地方却交由别人打扫的内疚之情,不过于我而言,这份安闲却也难以舍弃。

虽说如此,太过悠闲地享受也会出乱子。不久前,我试着烤三文鱼,费劲地将烤架搬出去。在院子的角落里点燃木炭,许久未做,总是点不着。胡乱地把报纸塞进去后,突然一阵强风吹过,大量燃烧着的黑色碎屑咻地被吹飞起来。我慌张地大喊大叫,但是并不能使其停止,只得呆呆地看着旁若无人地飞舞四散的火星"入侵"附近人家。

俺的晾衣方式

虽是很普通的小区,其中也定会有让自己一瞬间紧张的地方。沿街右拐之后,眼前立刻就出现一栋临街的两层建筑。二楼中间的阳台是晾衣物的地方,挂着三根长长的晾衣竿。什么都没有晾晒的时候,从下面看,"三"字清楚地浮现在天上。但问题是,颇为晴朗的适合洗衣服的天,沿街右拐一看:

一条男性的白色内裤(更确切地说,是一条老式的棉布三角裤。非常巨大!)颇为大方地、悠然地随风飘动。它被衣架撑开,在挂得满满的衣服的最前面,自信满满飞舞着。

它一直在晾衣竿右端的固定位置,后面挂着一些小衣物,但是被这巨大的白色布料遮挡,并不能看清。总之,无论我是否愿意,已然变成我"虽然不知道是谁的东西,但是仅对于内裤却确实很了解"的局面。

不过，如果仅是如此，也只是"内裤威风凛凛的晾晒风景"，但是约莫半年前的一个早晨，我偶然遇见了正在晒衣服的情形。一位大叔连衣架上挂着的内裤都要用手拿熨斗熨一下。早晨的阳光照到他光秃秃的后脑勺上，反射光亮。那天他已经把毛巾和衬衣恰到好处地熨好，马上就到最后阶段了。

　　那个瞬间，我所处的局面急速发展。从"虽然不知道是谁的东西，但是仅对于内裤却确实很了解"的局面，进入了"虽然不知道他叫什么名字，但却知道穿什么样的内裤"这一相当复杂的局面。而且，我脑海里甚至突然浮现不应该有的画面：大叔穿上晾干后的内裤的样子，这让我一边走路一边心绪不宁。

　　不过，我也有一种发现美好事物的感觉。大叔熨平内裤褶皱、整理衣物的手法出众，我再次眺望，能够看到阳台的晾衣服的光景中有特别的法则。轻微走动的大叔的背上，好像自豪地写着："这是俺的工作！"也像是在说，我有我自己的风格。

　　我如此惊讶，实际上是有理由的。那是一件很早之前的事情。一位男性朋友离婚之后，脸上如释重负，很高兴地说"总算能够离婚了"。

"一个人生活的话，就随意任性地晾衣服。啊，那一定很爽快！"

我问了之后才知道，结婚十几年来，因为晾衣服的方式不对，他一直被妻子骂。

"有时候还命令把一部分重新晾。啊啊！真是生气！"

似乎已经忘了的怒气又一次出现在脑海。

他对于晾晒衣服怎么都喜欢不起来，这件事情如此奇妙，令我印象深刻，所以才会对大叔通透的境界有了强烈的反应吧。渐渐地我开始重新思考。大叔，按照你的想法尽兴开心地晾衣服吧！即使内裤被人看到也没关系，毅然地吼出来这句话吧。可是，果然还是那样。沿路拐弯的时候，我又正面迎上那条内裤。奇妙的紧张感依旧难逃。

鸡蛋铺的婆婆

杂志上的座谈会报道里登了一张照片,是再也看不到的风景。解说里面写着:昭和六十年八月,平和通①,鸡蛋专营店的山本婆婆。

我开心地一动不动地看着文章右侧宽十厘米左右的黑白照片。那是多年之中每次似乎要消逝的时候,又再次想起的风景。

当时铁路还是国营,中央线吉祥寺站前有一家从很早以前就有的卖鸡蛋的小店。从可以走到太阳之街②的那个出口出车站,眼前便是平和通,只卖鸡蛋的小店正对着这条路。顾客各自买着当天的分量,只要三个、五个,那种光景我特别喜欢。店门大开,里面一览无

---

① "通"为街道的意思。
② 吉祥寺サンロード(sun road)商业街。

余,向着路面摆了三个木质的平台。台子里均匀地铺着稻壳作底,白色的鸡蛋在上面紧紧地挨在一起,十分可爱。手写的纸牌立着插在稻壳之中,上面写着"一个××元"。再往右侧则只用红色的小石头隔开放置。

不过,关于那家店铺的记忆已经被我自行而轻微地修改细节。仔细看照片,发现鸡蛋只放在台子里面三分之一的地方,而稻壳的前面放着圆形的竹筐。突然想起来,啊,确实是。客人把抓起来的鸡蛋小心翼翼地放进那个竹筐中,递给婆婆,让她包好。

那位婆婆在照片的中央,挺立着身子,穿着漂亮的围裙,白发,镜片下面是温柔的眼神。我又想起来一个画面:婆婆是很和蔼的人,总是笑容满面地接过竹筐并计算价钱。对我来说,婆婆非常让人怀念。

浏览了一下刊登这张照片的座谈会内容,又一次感到惊讶。座谈会是与吉祥寺町缘分深厚的五个人谈论各自对这一地区的回忆。题为"还是吉祥寺"的这一段里有这样的内容:

中村:"这个我记得啊！这是卖鸡蛋的婆婆嘛。"（照片见右下）

铃木:"现在还健在着呢。"

中村:"岁数相当大了吧。我认识她的时候她都已经是老太婆了。"

郡:"我也记得她。那个婆婆嘛。"

中村:"只卖鸡蛋。放在稻壳上面。这家店我印象特别深。"

《东京人》2012 年 6 月增刊号

感觉真是不可思议。我认识她，是昭和五十年代，那时她也是老太婆。

拍这张照片的铃木育男是昭和六年出生，从四岁起就在吉祥寺住，昭和三十九年的时候，觉得"必须要记录样子不断改变的街区"，于是持续地拍摄吉祥寺各处。在他们之后的发言中，我也发现了意外的事情：婆婆的鸡蛋铺停业是在昭和六十二年；那间店面租给其他的店铺了；婆婆现在就和我住在同一栋楼上。

店面已经停业了二十五年的婆婆，知道她仍然那样健康，真是令人惊喜，有一种心中悄悄埋藏的记忆突然间染上了自然的彩色，变得鲜活起来的感觉。

稻荷寿司街

散步大体上算是我的爱好,那天早上也干劲十足地快步前行。"干劲十足地走路"虽然可能有些怪,但有时却真的有那样的心情。

散步也可分成两种:劲头十足的时候,以及随意闲走的时候。随意是以买东西或去书店等为目的的时候,因此不紧不慢地自在地走。但除此之外,也有以走路本身为目的,像今天这样鼓起干劲的时候,绷紧大腿内侧和腹部的肌肉,认真地走路。散步就变成一个很好的运动,走了一个小时之后相当疲惫的感觉,有一种恰到好处的酣畅之感。

话题扯远了。干劲十足地走的时候耳朵和眼睛似乎变得敏锐。在视线边缘能敏锐地捕捉到平日看不见的野猫的身影,也能觉察到回收生活垃圾的日子里乌鸦活动时间提早这种细微的变动。于是,那天早上就有了这样一件事情。

穿过两旁种着橡树的街道时，对面走来一个拄着手杖的老人。老人慢慢地、慢慢地，如同要品味自己走的每一步似的走着。他应该住在这附近吧。以前遇见的时候他也拄着手杖。这位也是同样在早上散步的同伴吧，我这样想着，从旁边擦身而过的瞬间，有声音闯入我的耳朵里。低沉而轻微的声音，但是我却清楚地听到。

"我不知道啊。这里不是稻荷寿司街吗①？"

我急刹车。

"稻荷寿司街？"

稻荷寿司街、稻荷寿司街，我反复思索。有这样的街名？

我悄悄地回头，在刚才擦肩而过的地方，老爷爷仍站在原地，一动不动地抬头向上看去。禁不住诱惑，我也把视线投向那里。

①　稻荷寿司即油炸豆腐寿司。相传因稻荷神社的使者狐仙喜欢吃油炸豆腐而得名。

那里立着一个很高的标志牌，上面写有蓝色的字：稻荷街。

突然安心了。不是稻荷寿司街啊，是稻荷街。

我慢悠悠地回头，再次踏出右脚。一点点地加快到原来的速度，不过心里却开始想起事情来。对啊，老爷爷，稻荷寿司街也没有什么问题啊。就像"老江户街"一样，有一种风流的韵味，且显得相当好吃。好，就这样定了！它就叫"稻荷寿司街"。虽然片刻之前，我还不知道这条街叫稻荷街这个名字，但是自己任性地给它又起了名字。

之后便把街道的名字都偷偷地按自己的喜好重新命名。常常飘着炖汤的香味的街就叫"土豆炖牛肉街"，幼儿园前面的街就叫"雏鸟街"，生活垃圾常常乱扔的就叫"遗憾街"，栽着开成一片白的栀子花的街可以简单地叫作"栀子花街"，不过稍微有一点儿恐怖①，

---

① 栀子花的日语是くちなし，字面直译是"没有嘴"，因此作者觉得有些恐怖。

还是换成其他名字吧。

那天早上就变得很开心，掩不住喜悦地走着。此后，每次走过那条"稻荷寿司街"，都会想吃稻荷寿司了。

请问，您是哪位？

和每年只见到一两次的朋友，久违的见一次面。

"呀，好久不见。最近还好吧！"

他穿着 POLO 衫和牛仔裤来到约定的地方。来的人无疑是他本人，但与我的印象相当不一样。我边打招呼，边想着这种违和感到底是什么。

"啊！明白了！"

我突然喊出声来，打断了我们的说话，小山吓了一跳。

"怎么了？没头没脑地来一句。"

"我从刚才一直在想，小山为什么和之前的感觉完全不一样，最后终于想明白了。是因为你今天没有穿西装！"

小山还以为我要说什么呢。他苦笑着解释说，他最近五六年一直都在销售部门，不管怎么着，必须要穿西装。不过这下回到制作部门,穿现在这样的生活装也没有关系了。

我和小山成为朋友是在三年前,所以我只见过他穿西装的样子。虽然完全接受这一解释,但是违和感还是没有消去。对于和他不会频繁见面的我来说,穿着气派而做工精良的西装,佩戴品味很好的领带的样子才是小山。

这奇妙的想法在脑海中漂浮。眼前喝着咖啡的虽然是小山本人,但也许在某个其他的地方还有另外一个小山吧。

于是想到这样的故事。

友人远藤先生是一个矮胖的九州男儿,不过到底是夸口说"我的爱好是健身",所以他的身体会变瘦、变窄,经常有着惊人的变化。我因为知道这一事情,每次有见面的机会,都会期待这次他会以什么样的体形出现。

这位远藤时隔两年回鹿儿岛的老家。那段时间他刚好是迷恋全程马拉松,眨眼之间瘦了十几公斤,变成精干的体形。远藤打开玄关，说声"我回来了"，出来迎接的母亲呆住了，嘟囔说："请问，您是哪位？"

即使再怎么样，也没有对儿子说"您是哪位"的情况吧！远藤埋怨母亲，觉得她老眼昏花得也太早了，心里仍是不能接受。

"那三天待在老家的时候，我妈反复地问我，你真的是辰雄吗？"

三十五岁的儿子辰雄，渐渐地觉得反而是自己弄错了门，回错了家，心里相当不踏实。

就算是亲生儿子都是这种情况，可见人的身体就是这样的东西。眼前的身体是那个人，但是事实上，同时也隐藏着足够多的不是那个人的可能性。我有一个朋友，在结婚十五年的时候，突然注意到妻子成为另外一个人。他淡淡地说，妻子好像是容易发胖的体质，两次怀孕的时候身体猛地发胖，现在已经成为他站到妻子身后，可以完全被妻子挡住了的状况了。

"结婚当初，妻子是宛如树枝一样的苗条身姿。但是现在已经成为另外一个人了。性格上也似乎变成了

另外的人。一想到我到底是和谁结的婚,反而非常不

清楚了。"

　　难道他是在过着别人的人生?

〳文庫本　沉到浴缸里了〳

缝抹布，停不下来

做平针缝的针线活时，会探出身子专注地做。那是一种手缝的方式。虽然极其简单，但会很让人开心。

用缝纫机缝的时候，有一种从空中俯瞰汽车全力跑完全程的爽快感。但是转瞬之间，底下的那根线不知为何揉成一团，绕在一起。虽然熟练使用缝纫机的人不会相信这种事情，但是对我而言，十之八九会遇到这种情况。啊！又是这样。对于这阴沉的黑云笼罩的、固定不变的悲惨演进，我实在忍受不了，十几年前就和缝纫机分道扬镳了。

与之相比，用手缝就非常舒服，有一种手掌、指尖、针、线、布五者全部合一的一体感。它们在缝抹布这一目的之下结成命运共同体。不过虽说是手缝，对于连缝纫机都使不好的人来说，能会的缝法只有一个：平针缝（虽然很想炫耀一下，但连我自己都觉得丢人）。

针用很长的粗缝衣针。线是捻得紧密的白色棉线。首先，就是突如其来的最重要的场面。棉线前端通过针鼻的时候，你能感受到一种不断坚持忍耐，最后终于成功的成就感。棉线顺畅地通过的瞬间，真想拿着针大呼快哉。

平针缝时，随意地缝些简单的东西就很好。因此，我就选择缝抹布。从温泉旅馆拿回来的白色毛巾，对折两下叠在一起。首先从周围缝边，接下来是缝左右对称的中轴线，然后缝对角线。最初只是毛巾而已，但随着缝衣针不断地扎入，几层布就贴合在一起，直线连接而成的三角形或者四边形的几何模样浮现出来，一点点地变成了抹布。

让我内心雀跃的还有其他东西。不做休息一味前进的针也非常优秀。出现在上面，消失到底下去，再出现在上面，再消失，这往复上下世界的样子，我一点儿都看不厌烦。而且，针的后面，棉线默不作声地跟着。始终无言，相当值得称赞。它不会抱怨，没有不平，也不会逆反，如同被哥哥牵着手走路的小妹妹一样，追随着针前进。如此的风景令人深受感动。

令心情开朗舒缓的是空空如也的无心。不停地扎下去，拔出来，只是一味地做着平针缝，不觉间整个人就进入了忘我的境界。脑中的杂事为一根针、一处针眼所排除，渐生欢喜，手便停不下来，即使针脚歪歪扭扭也没有关系。每次针刺进去以后，扯紧棉线，使数层的布达到抹布的硬度时也很爽快。白色的布和线合为一体而成的抹布身上，带有一种登临山顶的成就感。

和缝纫机分手之后不久，就体验了缝抹布的愉悦。缝了一块之后就会兴奋起来，虽然知道没有必要，但还是会找出毛巾，接连不断地缝上三块。因此，衣柜最里面新的抹布已经堆积。这样的抹布耐用得令人惊讶。那是沉迷于平针缝，随意地一针针地缝制才有的耐用。如此，等待出场的抹布则不断堆积。

格伦·古尔德的琴凳

　　我时常会特别想听格伦·古尔德弹的平均律。那简直像这世间最正确的雨滴滴落的声音一样，一个音符一个音符地出现，仿佛有了气泡，极其纤细。此外，还有让人惊奇的事情，那就是古尔德演奏钢琴曲时的样子。

　　古尔德非同一般地怕生，时人纷纷议论他到底是天才还是怪人。无论什么时候什么地方，他都是坐在同一张椅子上弹奏。那是一张低矮狭小的、令你怀疑自己眼睛的非常素朴的椅子。但是，只要你看过他的演出场景，就不难想到那对古尔德来说是特别之物。比如，在那张收录了他二十七岁时的珍稀画面的 *Off The Record/on The Record*。

　　在纽约的哥伦比亚录音棚，还有着少年天真烂漫的样子的古尔德，身材瘦高，目不斜视地快速走向钢琴前面,拘谨地坐在椅子上,开始弹奏巴赫的《意大利协奏曲》。我惊讶地探出身子,盯着这一画面。因为实际上那很奇怪。古尔德的身体落在下面的椅子上,键盘的位置在胸的高度,关键的手有时会在键盘的下面。大方地将左脚放在右脚上面,虽然是在录音中,但是他会在忘我的弹奏中,无意识地哼唱或者发出嘟噜的声音。在键盘上疾走的手指的动作,则正是其出类拔萃的技巧。极低的凳子和身体之间,明显能看到有一种合为一体的感觉。

没有这个椅子古尔德就拒绝演奏。我想那一定是如"安心毛毯"①一样的能带来安全感的东西,但是某一天读到古尔德的话,清晰地说出了关于极低的那把椅子的秘密。

"只有坐在这个椅子上,上半身的力量就不会传

----

① Security blanket,出自《花生》漫画中一个小孩从早到晚都要带着一条毯子,只要有它就会觉得特别有安全感。心理学上也借此名称,命名"毛毯症候群",指对物品等极度依赖,如果不在身边就会陷入不安的状态。

递到指尖,才可能弹出纤细的带有透明感的琴音。"

这把椅子对于他来说,原来是声音的造物主。据说,椅面高度为三十五厘米,是很轻而易搬动的折叠式椅子。古尔德父亲亲手做的。谜团解开的时候,不知为何,我脑海中浮现的是我家客厅里面一个骨碌骨碌转动的小木椅子。

高度仅有十厘米,圆盘状的椅面比排球的截面都还小,勉强可以放上屁股。椅面和粗粗的椅腿是连在一起的,也就是说是用一根木头直接削成的。椅腿只有三个。坐上去不小心的话,会立刻失去平衡,咕咚一下,很吓人地翻过来。我在旧杂货铺的角落里发现它的时候,怎么看都不像是一把椅子。

那是非洲某国的工作用的凳子,是为了在斜着身子做手上工作时,把它塞到屁股下面来做支撑的。较之用来坐,不如说是用来放屁股的台子。移动的时候,只要用手轻松地拖着椅面就可以带走。是说它轻巧方便呢,还是说很温顺,或者顺手到没有存在感呢?我不知道,总之简直像从自己屁股上生出来的椅子一样,同身体有一体感。我竟有些佩服，椅子的存在理由原来并不只是为了支撑体重而已。

现在，这个极低的三条腿椅子，变成了我坐高椅子时放脚的台子。翻山涉水从非洲来到的椅子或许正在困惑，不过，如果是古尔德的话，或许会对此报以微笑呢。

行李少的理由

我旅行时行李很少。出差的那些时候,在机场等我的同伴刚看到我的样子,就变成不可思议的惊讶表情。那之后异口同声地说道,

"行李真少啊!"

"哎呀,真的就只有这么一些。"

于是,对方基本上变成好奇心被激起的"啊,是这样啊"的表情,并不是很能理解的样子。我心里也偷偷地不安,向对方的行李看过去,是带有轮子的中型行李箱,而我这边,只是手里拿着波士顿手提包。怎么看,都不像是去同一个旅行。不禁对这悬殊的差别露出了苦笑。

行李少的理由经常被问,于是就这样回答:

"并不是少,而是不想带过来而已。"

于是,就会有人这样回复。

"我要是不带那些的话，心里就不踏实，所以行李箱就鼓起来了。"

"看！"她说着，把自己的女式手提袋打开给我看。那次是去意大利出差十天。我们已经把行李箱托运（即便是我也不能只带波士顿手提包），接下来只是在登机口前等待航班的时间。

出来吧！出来吧！她的包里面放着两种空气枕、飞机上使用的拖鞋、喷雾器、湿纸巾、毛巾、口罩……压箱底的是"旅行药品套装"，收罗了从胃肠药到头痛药、跌打挫伤的敷布，简直像移动药店一样。哇！真厉害！我惊呆地看着那些，而对方呵呵地笑着，从容地"关上店门"。

"这些是安心物品。只要想着带了，即使是长途旅行，也会觉得很舒畅。"

准备好那些真的很棒。我心里有些沮丧。我的包里面，没有她带的任何一样东西。实际上，已经托运走的旅行箱里也自然没有好好准备了药物之类的物品。我一直是瞬间就完成了收拾行李的工作，其间脑海里回荡的是植木等的歌（"总会有办法的"）。外套和内衣也都是只装了出差日数的份数，除此之外，带的多余的东西便是能够调节温度的披肩之类的，还有化妆品和书。其他就听天由命了。

我也会想，这样的态度究竟好吗？虽然并不是干脆就想轻视，但是几十年来也体验过了各种各样的旅行，所以会觉得就这样也还好啊。有一次在巴厘岛，患上肠炎，身体动都不能动，极其难受，不过被送到当地的医院，怎么说也是解脱了。

可能发生。也可能不发生。所以想起来会很烦，但……我反正就是那种听其自然的人。

前面提起的女性，在十几个小时的飞行中，将用来支撑腰部的空气枕借给我，"这个很舒服的哟！"在西西里海岸，强风把沙子吹进眼里时，立刻递过来眼药水。这种时候，我都会一边感谢一边自大地想着，我总是这么幸运啊！

旅行是靠"好不容易"构成的!

"人是靠'看我厉害吧'来活着的。"

这是敬爱的东海林祯雄的名言。不知不觉间,那些大的自负、小的自满,让自己鼻子都要翘到天上去了。若是突然意识到那样子的自己,羞耻感简直令人无法忍受。不过,心头痒痒的快感仍是遮掩不住的。正是因为这样,人是在自负的支撑下活着的——这简直是真理。

那么,我也有一句很想摆架子炫耀一下"看我厉害吧"的名言:

"旅行是靠'好不容易'构成的。"

"好不容易",只要这句话一出,旅行地点的所有事情都能解决。

比如虽然对名胜古迹没有兴趣,但"好不容易"从老远来一趟,那就去看吧;虽然肚子不饿,但是看到哗啦呼啦飘扬的"特产丸子"的旗子,或者写有"限定!只限现在！"的贴纸，就会觉得"好不容易"遇上，还是去吃吧；旅行临近结束，会购买一些"好不容易"的特价商品；列车马上就到发车时间，但是"好不容易"来一趟，于是还是冲进车站前面的特产商店；虽然并不是很想买，但是"好不容易"，所以手还是伸向瓶装的佃煮；马上就到检票口，却看到了正在销售的极少有人读的当地报纸，觉得"好不容易"来了，所以还是买了。这样当然会落到要喘着粗气急冲过站台台阶的下场，但是如愿以偿的笑容背后的是内心满满的满足感。

"好不容易"有莫大的威力。只要这四个字在脑海中浮现，犹豫的心绪就会被漂亮地一刀斩掉。不仅如此，纠结、深思、羞愧这些暧昧的心思都被称心如意地收拾妥当。为种种限制所覆盖的旅行的天空之下，心思纷乱如麻，这时只要祭出"好不容易"，就一定能消除心中烦恼，事情也必定会简单地找到解决办法。

为什么人会带着"好不容易"的心态呢？那是因为，这句话背后隐藏着姑且给自己加重负担的自虐似的愉悦感。

（虽然停下来更好……）

（虽然放弃是更明智的做法……）

大胆地越过遮挡前路的栅栏，遥遥领先，对于这样的自己，心里有一种满足感和轻微的成就感。

可以称作是熟知这一点的"好不容易"达人，就是在百货商店提供试吃的售货员阿姨。阿姨的声音在耳边低声响起。

"好不容易，过来尝一尝味道吧！"

我立刻心乱了。仔细想一想那种情况，"好不容易"的意思并不很清楚，但尽管片刻之前都没有那种想法，还是像被蜂蜜诱惑的蝴蝶一样，稀里糊涂地伸出手去，接过牙签串起的食物。她看透你的内心，将你拉拢过来，这是实战中的达人的绝对性胜利。

这样写着突然颔首称是，觉得原来是那样的：确实，"好不容易"是把世间好的坏的拉在一起达成妥协的"红娘"。若是在心里慷慨地念叨，就不会有愁闷了。它也许就是为了让内心安稳地度过每一天的咒语，因为好不容易嘛。

文库书 沉到浴缸里了

我有一个奇怪的碎木片。右侧软绵绵地，表面如波浪般起伏，坑坑洼洼。你或许会觉得那是不是湿抹布，但是不是。

那是一本袖珍书①。没有封面。没有腰封。米黄色的内页裸露。总共四百九十五页的内文书页全部膨胀开来，如同扇子一般，有一种异样的风采。本来应该是极为常见的袖珍书，但为什么会变成这样的神奇之物呢？那是因为它沉到浴缸底，泡了三十分钟。

前些天去寒冷的首尔旅行，从一开始就麻烦不断。国际航班，办理登机手续的截止时间通常都是起飞前四十分钟，但是换乘地铁时费了一些时间，晚到

---

① 日本常见的普及性质的小开本书籍，有时也会直接使用日语原文，称作"文库本"。

了几分钟。登机处的职员摆出一副能面一样的表情，坚决拒绝办理登机，丝毫不让。不过因为可以乘下一班次，不得不作罢。这下在羽田机场有了五个半小时的空闲时间，于是先把买来的六张报纸从头开始看完，到了下午，就开始看上面所说的那本袖珍书。

虽说只是待在酒店的三天两夜的短暂旅行，但旅行中最大的魅力之一便是随性地沉醉于书中。特别是在宽大的浴缸里放满热水泡在里面，一边惬意地时而抬起腿，一边沉入忘掉时间的阅读之中，那种快乐简直难以形容。

但是，从办理登机延迟开始，时间的指针就开始出现偏差，那天晚上真的把时间忘掉了。泡在浴缸之中看着书，一不注意就睡着了。

突然醒过来时，迟钝地看向浴室里的挂钟：凌晨十二点五分。在已经温暖的水中认真地回溯记忆——确实过了十一点才进的浴缸。确实在看书。最后看时间的时候确实是十一点半……

书去哪里了呢？我猛地站起来，大脑一片茫然。于是，发现浴缸底部有一个手掌大的东西。我慌张地猛地抓起，这不是刚刚还应该握着的袖珍书吗？最终，在浴缸底部还发现了我的眼镜。

我握着成了三十分钟的"茶泡饭"的很脏的袖珍书，仰天长叹。那本书将热水吸收到了极限，毋庸说很有分量，甚至都有字典一样的重量感。一想到它应该很轻，就只能露出傻呵呵的无力的笑脸。

翌日早上六点，一起床就呆住了。为了一时安慰而将它放到大浴巾上面，现在拿过来，所有的页面都紧密地粘在一起，简直是一块厚厚的魔芋。

但是我猛然想到一个想法：我想看故事后续。

狗急跳墙，被逼入绝境的我开始一页一页地剥开"魔芋"。一面为了不损坏书页而小心翼翼，一面屏气凝神地读着剩余的故事。印刷的技术真是厉害。即使书已湿透，但只要不弄破，上面的文字仍清晰可读。这样，到了早上八点半，抵达最后一页那一刻，成就感和满足感无以复加。指尖已经被水泡得发白，我也筋疲力尽。

这种被紧迫感包裹的读书体验，以前没有，以后也不会再有了。而那本极其有意思的袖珍书，就是沼田真保远的《如果九月永远继续下去》(新潮文库)!

疼痛的京都"特产"

"心理创伤"这个词容易被滥用,成为便利的避难所,让人有些讨厌。"我不行,实际上,我对那个有心理创伤",他们摆出架子,拔出传家宝刀,你这边除了沉默别无他法。但是,若是遇上超出自己的意志、很死板的状态,"心理创伤"四个字能立刻给自己提供安心的理由,是特别方便的借口。

五六年前,我去参观京都的一座老院子。我们三人从东京过去,只知道地址这一个信息。到了那里,迎接我们的是如发狂一般地狗的吼叫。三人都很畏惧,觉得狗马上就要从宅院里面冲出来,不过之后声音的大小并没有变化,似乎是被拴住了,一时稍稍安心。狗偏执地忠实于自己的使命,要赶走闯入者,嗓子撕裂一般地不停嚎叫。即便作为主人的老爷爷觉得过意不去而训斥它,也没有一点儿效果。我们到了客厅,之后聊天的全程中狗一直在叫，仿佛在说："俺是不会放弃的！"

过了一阵，聊天结束，告辞之前我们请求参观一下庭院。老爷爷起身，脸上露出了抱歉的表情。

"必须要从走廊上走啊。狗，我会紧紧地抓住，你们就趁那个空隙吧。"

啊？我不安地看过去。果然，在长长的走廊中间，纯白的斯皮茨犬瞪着三角眼正盯着这边。不久它就开始发出混浊的吼声，并露出牙齿。我们心甚恐惧，但提出参观庭院的是我们，到这个时候也不能再反悔，于是便抱着赴死的觉悟走上走廊。

老爷爷手抓着狗的项圈，第一个人像忍者一样，嗒嗒嗒地从旁边蒙混过去。第二人也一样，横着移动，穿过走廊。最后的第三个人，也就是我，也开始像忍者一样前进，然而就在那个瞬间，玄关那里突然响起门铃声，老爷爷的手一时松了一下。

如果狗会说话的话，那它说的定是"就是现在"。至此之前的欲望爆发出来，它猛地跳上来，看着眼前的我，对着我的大腿，张开大嘴一口咬住。上下齿刺入的瞬间，有一种狗的身体飞起来地挂到我腿上的感觉。狗将"敌人"干掉了！它了却了夙愿，但我却因为惊吓和疼痛而惊慌失措，陷入混乱的状态。

　　我连滚带爬地跑出去，逃回宾馆。慌忙确认大腿的情况，发现牙印的地方只稍微渗出一点儿血，竟对狗那充满技术的撕咬方式感到奇怪的佩服。记忆便只保留到这里，之后的事情就不记得了。同伴跑到药店买来消毒药水清洗伤口，最终我们去到附近的外科医院，寻求治疗，无大碍地了结了这件事。

　　从那以后，只要从狗身边经过我就会害怕。虽然想伸手抚摸它，说"你真可爱啊"，但怎么着也伸不出手。啊，我想这也是一种心理创伤吧。

又见《亚子的秘密》

2012 年 9 月 3 日是哆啦 A 梦出生"前"的一百周年。藤子不二雄(当时)创作的《哆啦 A 梦》连载是从1969 年开始，在小学馆出版的《好孩子》《小学一年级》等学生杂志上。当时马上就要上中学的我，和《哆啦 A 梦》并不是一个时代，但小学的时候非常渴望有秘密道具:《亚子的秘密》里的镜子。

赤冢不二夫的《亚子的秘密》令全日本的女生入迷，它是 1962 年在集英社的 *RIBON* 杂志上开始刊载。1962 年到 1965 年、1968 年到 1969 年的两次连载非常受欢迎，小姑娘们都偷偷地对着镜子，倒着说出一些词语。在 *RIBON* 上刊载的原作中，亚子变身的时候，会把要变身的东西的名字倒着念出来。因为能让她实现愿望的，是一个让物体左右颠倒的镜子。

不过我看电视上的动画版时，发现这段不一样。

亚子不是把话倒过来说，而是念一段咒语。面对镜子变身的时候，念的是"忒库玛库玛呀空、忒库玛库玛呀空、变成××"，变回原来的身体时则是"拉密帕斯、拉密帕斯、噜噜噜噜噜"。要正确地把单词倒着说很难，但"忒库玛库玛呀空""拉密帕斯"这两句话很神秘，令人印象深刻，只看一遍就记住了。

前不久在看河出书房新社①出版的原始版的四卷本，怀念的情绪和新的发现大量涌现，让人相当兴奋。

给亚子神奇的镜子的是一个穿着黑衬衫、戴着黑眼镜和黑帽子的大叔。最开始得到的是一个可以手拿的大一点儿的镜子，后来变成了粉盒一样的小镜子，亚子的行动范围也一下子扩大了。《阿松》里面的角色——那六个孩子直接出现在里面，让我非常震惊。那六个小孩欺负到海里面玩的亚子，被有魔法的镜子巧妙地惩罚变成了"幽灵"，大快人心。这个叫作《勘吉和鬼屋》的一卷是在 *RIBON* 1963 年 8 月刊上登载，不

---

① 河出书房新社，日本一家出版社的名称。

过实际上也正是那个时候,《周刊·少年 Sunday》上也开始连载《阿松》。令人惊讶的是,赤冢不二夫在完全相同的时间里,同时创作两部分别是少男漫画和少女漫画的名作!

成为大人之后,再看《亚子的秘密》,突然觉察到,全书都充满着值得称许的故事。开朗、活泼、冒失的亚子,虽然在关键的时候会拜托魔镜,但使用之处却是自己下的判断。这一点上,亚子和东跑西窜的伸太不一样。

在什么时候,变成谁。亚子细腻地把握他人的内心纠葛,采取明确的行动建立或者改善人际关系,一心一意地不断拯救身边的人。她虽是孩子,但却和大人一般。亚子身上也有一种还没有彻底变成大人的少女的哀愁。读着这四卷本时,心里很想紧紧地抱住亚子的肩膀,安慰这个小时候只知羡慕憧憬的角色。

好吃的边角料

做粗卷寿司或者煎鸡蛋饼时，只要看到切掉的边边角角，心里就平静不下来。咬了一半的粗卷寿司的边上，摇摇晃晃地溢出多出来的葫芦干或者黄瓜，只是这样，我的口水就忍不住地一下子流出来。

小的时候非常想要粗卷寿司的边。虽然帮不上忙，但还是会在厨房走来走去。快吃晚饭之前，每次顺利地从奶奶或妈妈手里抢过来刚切好的菜，都会觉得只有我才知道最好吃的地方在哪里。即使成了大人，也还是这样的心情。无论旁边是否有人，心里都会紧绷着，不想把切下来的边角给别人，真是小气啊。而吃的时候，若是能在厨房里，嘴巴填得鼓鼓的，就像要被那些刚切好的菜噎住一样，而食物的美味感觉直线上升。

这并非是偷嘴。边边角角是极美味的东西。即使只是单单切掉的一块，较之整体，美味程度也会有所提高。就算是煎的鸡蛋饼，不拘小节的料理店会把蔬菜末也放在上面直接端上来，每次都想直接拿着筷子迎上去。

鱼肉末鸡蛋卷、鱼糕、红白鱼肉卷、羊羹、新鲜面筋、五百克的切片面包。从长长的本体上切掉的孤零零的一些边角，是我完全无法抵抗的东西。那不知所措、怯弱可怜的样子，如同被人撇下的迷路小孩一般。所以，我要尽早地把它领回去！

不过，也有些东西不给这种想法余地。比如，北海道江差的"五胜手屋羊羹"。第一次拿在手里时，一点儿缝隙都没有的样子让我目瞪口呆。直径三厘米，长十三厘米，像花筒一样的红色细筒之中严实地塞着羊羹，吃的时候用手从筒底用力一推，里面的羊羹就露出来。如果只想拿出想要的大小，则可以用筒框上带的棉线，绕一圈一扯，立刻切出一截圆柱。不需要刀，不需要菜板，也不会弄脏手，所有的麻烦都没有。样式和功能完美结合在一起，是谁精心设计出来的结构吧。

　　但是，我并不是要来佩服这家毕竟是明治三年创业的北海道一流的点心店。实际上，内心反而焦躁——它没有边角了。

　　从下面一推就滑溜地露出来的圆柱形上部，十分华丽。糖很多，泛着光亮，甚至都能感觉一种节日的气氛。在哪里也找不到边角的楚楚可怜的样子。每次从筒底往上推，咕、咕地冒出来，到最后的最后，也带着明显的羊羹本体感。说起来，整个筒就是羊羹本体。多余的边角料出现的大幕始终没有拉开，我心里稍稍有些失落。

　　边角那种失散和闹别扭的风情，让人愉悦。

谢　谢

　　已经是几十年前的事情了。那时二十大几,被家人委婉地要求注意的一件事情现在仍掠过脑海。"那个,有件事想说一下。"开头就是这样说的。"说'谢谢'的时候最好稍微注意一下啊,我在一旁听的时候,有时候觉得凉飕飕的。"

　　我不是很明白。他这句话很奇怪吧。真实地表达谢意有什么不好吗?

　　听他解释,渐渐地后背渗出了冷汗。他说,咖啡店里别人把咖啡端给你,会说"谢谢";去拿让人修的鞋子,付钱的时候会说"谢谢";邮局的人把放不进门前邮箱的邮件放到大门口,也会对他说"谢谢"……从年纪不大的女生口中说出的"谢谢"听起来很不舒服。别人帮自己做了什么的时候,客客气气地说"非常感谢"不是更好吗?

我最初完全摸不着头脑。"谢谢"为什么就不行呢？也不是有"高高在上"那种想法，只是想表达一些谢意而已。是不是他们想太多了啊？

不过，认真地听完之后，发现那确实有一些道理。"这之中最关键的点在于，自己预先把自己放在接受服务的位置上了。从立场来看，接受服务的一方只要说出'谢谢'，就自动带有一种'上对下'的感觉。无论多么想带着感情，一旦接收方、提供方被放置在预先设定的位置之上，就会有一种微妙的感觉掺杂进去。不过虽说如此，在前面加上'非常'二字，有时候会变得过于礼貌而让人觉得冷冰冰的，这一点上也是很难把握……"

经过他谆谆教诲，我恍然大悟。"抱歉，我有个突发奇想。说起来，天皇陛下表达感谢之意的时候，一定只说'谢谢'，从来没有听过他说'非常谢谢'。莫非是因为他那样说的话，作为接收方的我们会觉得惶恐，无法把自己摆在适当的位置上吧？"他们笑起来。"那么明显的事情，你居然这么迟钝。"不过经过几十年之后的现在,我有时还会带着自我约束地想起关于"谢谢"的事情。听着家人恳切的忠告,还年轻的我脸上红得如着火了一般。而且,反思自己内心则令我害怕。在某个地方就潜伏着"我付了钱,理所当然地应该得到服务"的想法,所以,才会用"谢谢"来结束这层关系吧。黑暗之中妖魔鬼怪似乎要现身出来。啊!思考不深真是件恐怖的事情。

　　不过,我现在却这样想:对于好朋友、工作上的同事以及家人,直率说一句"谢谢",那个时候相当爽快、舒畅。没有台阶,没有陡坡,甚至连一个陷进都没有,就像在完全平坦的体育场跑着一样,笑着把接力棒交给下一人般的爽快心情。

不吃算了

　　"大人和小孩的饭,必须要分开做,真是累死了。"

　　第一次见面的这位女士小声地说,眼神里流露出疲惫。三十一岁的家庭主妇,孩子是一个五岁的男孩。我很惊讶并问回去:"哎,为什么会变成必须要做成两份不一样的?"

　　她立刻回答道:"因为如果不做孩子喜欢吃的,他就不吃了。"

　　她千方百计地做汉堡包、番茄酱鸡肉炒饭这些所谓的"孩子的菜谱",但丈夫却不喜欢这些,最终变成了要做两种不同的饭菜。功夫和时间都增加了一倍,非常疲惫——她解释着这些,其间重复说着"累死了"。人就是有不同的地方吧。回忆起二十几年前,不禁苦笑。我连"做孩子喜欢吃的东西"的想法都没有,也没想过在饭桌上"将大人和孩子分开"这种事情。毋宁说,那时竭尽全力地过每一天,根本无暇关注这些极小的事情。腌的菠菜、萝卜沙拉、青椒炒肉片,即便是这些孩子大多不喜欢的蔬菜,自己也不会顾及。不想吃的话不吃也没关系。反正饿肚子难受是自己的事情。

极少做汉堡或者番茄酱鸡肉炒饭这些是因为大人不想吃。总之,我和"孩子的菜谱"没有缘分,尽管他也许会有哼哼唧唧不情愿的时候。

孩子注视着大人的足迹。你的细微动摇或者不安,他们在电光石火间便有所察觉。即便是没有注意到而不在意,也没什么大不了的,这便是基本的认识。因此,"他要是不吃的话就很难办"这种退让的态度也精准地出现。

就在前几天,从另外一人那里听到这样的话:

"我想在家里好好招待别人。有没有大人和小孩都喜欢的'正中靶心'的菜啊,可以告诉我吗?"

我一下子被卡在那里,不知如何回答。这种想法本身已经被我完全丢掉了。大人喜欢的话,小孩也一定会喜欢。如果你吃得很香的话,小孩子也应该会想吃吃看。要是这样想,接下来放手去做不就很好吗?

不过,人生百态,各有不同。我有一位朋友,夫妇二人口味都重,经常在餐桌上放着海鲜、腌菜等干货,八岁的儿子虽然老老实实地坐上饭桌,但是他们从班主任那里听到他在班会上的发言,到底还是脸红了。

"我喜欢的是章鱼、沙丁鱼片、咸鱼子干、酱炒秋刀鱼肠。"

那么小的年纪,却和老爷子一样!

什么时候眼镜能成为脸的一部分啊?

　　和袜子一样,眼镜也会突然失踪。

　　袜子脱下来的时候两只分明是在一起的,但是晾衣服的时候,或者取下来叠起来的时候,不知为何就会少了一只。虽然慌慌张张地怀疑是被狐狸衔走了,但是这个时候最大的可能还是自己忘记了。几天后,或者半个月后,它就会突然再次出现。但是,眼镜要是失踪了就会很麻烦。

　　上周,和朋友 R 在咖啡馆见面。她刚坐到椅子上就沮丧起来。

　　"真烦人啊。又把眼镜忘在家里了!"

　　"唉。那还是回家取一下比较好。接下来要去公司吧。"

　　R 是编辑,没有眼镜的话没法工作,就好像没带"眼睛"一样。

"嗯。不过算了。今天就强行当成'没有眼镜也要平静地工作'的日子。"

我也常常在外出之地慌乱。概率最高的是拿了和前一天不一样的包,在电车上想看书的时候才注意到眼镜没带,不禁愕然。不能看书的话,忍耐一下也就行了,但并不是这样便可结束。要是有约好的饭局,菜单一般就变得模糊而看不清,这个时候就要麻烦对方读给我听之类的。打电话的时候,虽然能看对数字,但是也很辛苦。一直到回到家都持续着这种"障碍跑"的状态。

不对,知道眼镜在家里倒还好。问题是,有时候几分钟前还在脸上戴着的眼镜失踪不见了。

我只是老花眼,所以为了看近的东西一会儿戴一会儿摘,无比忙乱。看报纸的时候、打开邮寄物看里面东西的时候,确认洗衣服的发票开票时间的时候。突然想不起来自己无意中把眼镜放在什么地方了。眼镜到哪里去了,我慌慌张张地大呼小叫地四处寻找,精力已被耗尽。

不管过了多长时间,我还是没能戴惯眼镜。四十多岁时开始戴,到现在已经十几年,但异物感仍未消失。这或许是因为不想习惯。小的时候视力一直很好,所以现在对必须要依赖眼镜这件事有抵触感,其中也混杂着被摘掉一半翅膀的沮丧感。"接受现实"似乎比自己想的要麻烦得多。

因此,眼镜到哪去了,眼镜到哪去了,我四处乱转地找着,常常会长叹一声。

真是奇怪啊,刚才明明放在这里了。急忙抓住一个家里人问,有时他们会默默地指着我的额头……

最近,下了狠心配了三副眼镜。客厅用、卧室用、浴室用(我会在浴缸里看书)。于是失踪事件一下子减少了很多。为什么之前没想到这一招呢?我把这个告诉了很像前辈的 R,她极其感慨:"那真是好办法。配一个放公司用。我马上就去买!"

果然还是忘了

哎，连他也这样？原来并非我一个人啊。这时我便突然放下心来，有一种松了一口气的喜悦。就在昨天，我又露出这样的微笑。

每当电脑被黑云笼罩，出现异常时，我就立刻求助一位朋友。不对，称他是可以依赖、让人心安的朋友什么的会遭报应！实际上，对我而言，他就是神。

正在工作之中，电脑没有一点儿前兆地死机，屏幕画面冻结，成了一个只会带来麻烦的箱子。这种情况每过几年就有一次。想着总是拜托"神"不太好，便先查了一下电话簿，给维修公司打电话试试。"需要先预约才会去修理""请先预约，三天之后就会派人去修理"，这些让我仿佛看到了地狱。这种时候，一定是逼近截稿日的最关键时期。马上就到了仰天痛哭的地步了。

眼里含着泪,拿起电话。

"你好,我是近藤。"

如同握住了蜘蛛的丝①,我悲切地说着自己的惨状。我的电脑原本就是近藤配置的。据他说,似乎是性能非常高的搭配,但我并不是很明白那些高级的性能,相信自己连它性能的百分之五都没有发挥出来,不过这些先放一边。

听了我絮叨地说了情况之后,近藤判断:

"可能是锂电池开始不行了。明天在吗?我去你那里把它换一下。"

全能的神!我想跪下来膜拜。

翌日,近藤总算来了,这真令人赞叹。

"太不好意思,工具忘带了。"

我想着他那样简直是标准的细致周到之人,这种事情应该非常稀少吧。不过对方却发出深深的叹息。

---

① 芥川龙之介有短篇小说,名为《蜘蛛丝》。佛祖为犍陀多垂下一根蜘蛛丝,供其从地狱爬上来。中途其他罪人也跟随,犍陀多愤怒叱责他人,蛛丝便断开。

"最近，去电脑器材店里去买器材。要买的东西有五个。买完第一个、第二个后，去找第三个的时候，发现已经卖光了。详细地告诉他们型号之类并预订下来，结果，第四个、第五个完全忘掉，就那样回去了。"

真是难以相信，离老年痴呆还很早啊，他频繁地抱怨。我说："那样的事情经常发生啊，在我身上。"

"现在已经不相信自己了。去买东西的时候，一定预先把要买的东西写在纸上，一边指着上边确认，一边走。"

去银行存钱、买传真用的纸、买咖喱粉、取洗好的衣服，完全不一样的事情叠在一起，如果没有笔记就束手无策了。

"不过，最近同样一件东西一直会忘掉，都开始怀疑自己了。"

他一边说着一边更换锂电池。接着更新数据、检查容量之类的，"好了。这下暂时是没有问题了。稿子加油！"说完就回去了。

今天又要感谢他把我从困境之中拯救出来。合掌坐在完美恢复的电脑面前,哎？电脑桌上有一串没怎么见过的钥匙。我啊地叫了一声。那不是刚才全能的神代替工具来使用后被落下的东西吗？

用丝袜战斗

对于打扮来说，女性的直言价值千金。

朋友S比我小六岁。久违的同她一起吃饭。我先到那里，看着那些菜单。说起来S一直穿着非常好的衣服，今天会以什么样的打扮出现呢？这样想着竟有些小激动。和女生约会时的男生会体验到这种感觉吧。真棒。

"洋子，好久不见！"

出现在餐厅的S，果然让我惊叹。她穿着过膝的轻薄连衣裙，白色蕾丝底，上面是简单的线条图案。脚上踩着八厘米高的灰色亮面的浅口高跟鞋。我坐在那里仰视，长身细腰的S更加耀眼，心里再次激动。

"哇！真漂亮！这件连衣裙。"

我不禁感叹，在她过来一些之后，一不小心就脱口而出。

"不过，这个是在时尚店里买的，九千八百日元！"

哎！难以置信。我真心觉得，那简直像弄错了数位一样，不由得再次感慨。

我们开始吃着生火腿、意式生腌肉片之类的，单手拿着酒杯，但聊天并没有停止，一顿饭吃完也还没聊够，于是打出租车去附近的另外一家店。这时看到坐在对面的S的长腿，发现她穿了丝袜，而我这时光着脚穿着凉鞋。这种酷热的天气，穿丝袜不会呼吸困难吗，我再次问她。我们是多年的朋友，可以不需思考、条件反射般把想说的话说出来，这一点让人轻松而舒适。

"喂，这么热的天，还穿着丝袜什么的，心情不会变得烦躁吗？"

S毅然地挺直腰身，摆好腿，坚定地说：

"绝不能光着脚。丝袜，是我的战斗用品！"

"哎？和谁战斗？"

"社会！"

感觉到她眼里有一种一刀斜劈下去的气势。S是一位令人闻风丧胆的某女性杂志总编辑，每天都要同数字这个对手战斗,无聊的会议也很多,培养属下也非常费力。听她说起方方面面,我稍稍明白了"社会"的含义,但是还是想推诿一下。

"我盛夏的时候要是穿丝袜,简直要爆炸。"

于是,S的脸上浮现了意味深长的笑容。

"不是。洋子穿不穿都无所谓。因为你是一个人在桌子前同稿子战斗。"

S继续说:"在这一点上,我每天的敌人则是在我眼前的人们。如果没有丝袜,感觉会眼睁睁地给人看到无所防备的背影。所以,壁橱里不经常放上二十双丝袜我就不能安心。但是这种话一般都不会和别人说的啊。"话到这里就结束了。我想,对于女性来说,丝袜就像领带一样的东西吧。

"那个,是高级的意大利货吗?"

"不是。国产的。不过是花费多年才找出来适合自己的珍品。"

她要告诉我品牌和型号,所以急忙从包里面取出笔,非常好心地写在了纸上。

平底锅的人生，再次出发！

那么，开始干吧！如同相扑运动员在比赛场上撒盐一样的气氛中，我们断然地摆好姿势。要说对什么这么干劲十足？对手其实是平底煎锅。而且，平底锅上沾满了油污，变成了像黑岩石一样的东西。一个月之前从友人那里拿到，现在要着手处理它也只是一次闲聊的结果。我时常会去一家居酒屋喝酒，那天和很早就脸熟的人挨着坐。悠闲地聊着闲话，正兴起时不知谁起头，开始谈论"想要扔掉的东西"。

想彻底不要的东西、想扔掉但却不能扔掉的东西，真是让人困扰。任由视线在空中漫无目的地彷徨，大家不断把手伸向小酒壶，陷入沉默。这时 F 抬起头开口道：

"决定了！我要把煎锅扔掉！"

啊？那是什么？听完之后才知道，原来是厨房里放着的一个已经完全变成"肮脏的铁渣子"的平底煎锅。那是她在大学的时候求爸妈买的,过了二十多年已经完全变了样子。每次看到它,都能感觉到一种阴沉的气氛,仿佛它在指责自己的无能。不过虽说如此,到今天也还是没有扔掉。

我微笑起来:"那个,是铁的吧。那样的话,实际上它还有重生之路啊。"F半信半疑地问道:"怎么可能!那要究竟怎么做啊?"

我喝了一口酒,洋洋得意地解释起来。

概括地说是这样的:

铁质的平底锅无论变成多么破烂,都可以修好。首先直接放在大火上烧,将附在其上的污渍直接烧到炭化。即使黑烟弥漫也不用害怕。等到完全炭化之后,把平底锅冷却,接下来放在摊开的报纸上面,用刮刀把焦化的地方用力地刮掉。之后,用砂布打磨,接着倒上清洁剂,用尼龙的刷帚清洗,到这个阶段,就应该可以看到裸露出来的银色本体了。

说到这里,F一副"做这些真的很简单吗"的表情,眼睛睁得大大地看着我。所以我继续说下去:"再有几步就最终完成了。之后再直接放在火上烧,锅表面会形成一个氧化膜,泛着忽绿忽紫的颜色。然后加上油,用小火加热几分钟,让它融进去。然后将剩下的油倒掉,用厨房纸包一下,这样,令人惊讶的泛着光的平底锅就诞生了!"

"每次告诉朋友用这种方法让我的平底锅和炒锅重生,他们都像对待恩人一样感谢我。"我又漂亮地加上这一句!于是,F的眼睛闪耀着光芒,开口说道:

"嗯。我一定试试!请再说一遍!"

突然觉得很沮丧,再解释一遍太麻烦了,我晕晕乎乎地最终嘴一滑就说道:"真是没办法。好吧。我帮你做吧。下次把平底锅带过来。"

因为如此,没有办法的我只好挽起袖子开始干。但是想到自己独享平底锅重生、重新泛着亮光的瞬间,那种不同凡响的爽快感实在太好了!

修　理

　　电脑的样子不太对，我便又去找近藤。开机之后画面全黑，一动不动。拔掉电源重新开机就又没问题了。暂时觉得总算没有什么事，冷汗也收了回去，但这个时候要是疏忽大意，后果肯定会很惨。三年前也是这样，我勉勉强强地凑合着使用，就在几个稿子截止日期赶到一起的最关键时候，电脑突然死掉了！

　　"电脑又在撒娇是吗？"抱着维修工具来的近藤一边苦笑，一边用熟练的手法将电脑拆开，观察露出来的复杂内部。虽然什么都不懂，但我也一起抻着脖子看着里面。

　　每当看到某人修什么东西，自己就想一直盯着看。灯具店的大叔站在脚手架上，打开浴室的天花板，拨弄灯的配线系统，虽然想着可能会打扰他，但仍站在下面仰头注视。洗衣机店里的小哥，对着出故障的洗衣机,拿着螺丝刀奋斗,我在他身后津津有味地观察,眼睛都无法从他手上离开。不过,比起修好,我更在意修理这一风景。修,或者说修理这个词,有一种进入对象身体之中的微妙感觉。对于现状进行查明、理解、把握,在此之后才是修理。这之中飘浮着一种考虑到受伤者的情绪。通过这样谨慎细致的探查,掌握故障或者说不正常的原因,建立互相之间的关系,因此修的细节或许就附带上了吸引人的魅力。

有一次去东京的下町①,找一家修木屐和草鞋的店。那天我穿着茧绸的和服,脚上穿的是草垫面的草屐。老板四十多岁,和服外面罩上一件蓝染的半缠②。他瞟了一眼我的脚,立刻说道:

"草屐带有点松吧?"

切中要害!我每次穿这双草屐时,脚都会意外地

---

① 下町,指与居住区相对的商业区,或与高级住宅区相对的平民住宅区,或者城市低洼处。
② 和服外衣,和和服罩衫相似,但长度较短,没有翻领、腰带和胸带,日本常见的工作服。

向前滑。打算把它修好，于是就掀开门帘进到里面去。

"身体的重量压上去，不管怎样都会变松，两侧也会贴不紧，所以要常常来束紧一下。草屐这种东西，就要正合适穿着才舒服啊。"

真是恰到好处的话，满满的下町风格①。之后他说："马上就可以做好，请您稍微等一下。"我被催着脱下了草屐，坐在椅子上。店主迅速把草屐翻个底朝天，打开鞋底上的四方形小孔，当然，我也伸着头看。店主右手握着的是被叫作"角利"的锥形工具，泛着温暾的暗黄色的光，看上去使用起来相当便利。他把角利的尖插进去，从里面取出白色的带子。开始调整草屐带的松紧程度。

"完成。这下就好了！"

穿上递过来的两只鞋，脚的两侧被严实地包裹，非常舒服。"我把之后松开的部分也考虑进去，调整得

---

① 大叔说的原话，较之标准的日语，句尾不同，类似于中国方言中某些词语声调不同，译为文字则难以体现。

有些紧。穿左脚的时候稍微使一些力哈。"他补充道。

我只有佩服的份儿了。

优秀的修理，是连对象的脾气和习性都要把握住的工作。替我解决电脑问题的近藤这样说道："它吸了很多灰尘，内部热量散不去。这家伙，如果不偶尔清理一下，就会闹脾气！"

污渍要搓出来

似乎每个人都有支撑其人生的一句话，便是所谓的"座右铭"。

人生仅有数个的座右铭，称得上不朽的名作的，诸如"七转八落""心之所至，金石为开""明天有明天的风吹起"，跳脱俗气则有"但如犀角般独行"等。我有一个友人，站在悬崖边上，脑海里一定会回荡一首曲子，我凑上去问那是什么，那是什么？之后知道是《三百六十五日进行曲》。他凝神地倾听着前奏，慢慢地水清寺清子也一同浮现在脑海，和曲子融合在一起，不知为何有一种要努力的感觉。

"因此，《三百六十五日进行曲》对我来说就是我的座右铭。"

我没有异议。顺便说一下，还告诉过我自己特别看重"不接受做连带保证人"这句"铭"，但我觉得这也算得上是"铭"吗？虽然有些怪异，但是还是敬请读者参照。

现在想起来，小学生的时候大家写毕业纪念的集体留言时，有个男生写的是"人生最重要的是想得开"。为了博得名气，大家自然都翻字典找那些诸如"不忘初心""趁热打铁"之类的话。在这些刚刚记住的文字之中，"人生最重要的是想得开"忽然大放异彩。明明还是小学生却有一股尝尽人生的感觉，因此被班主任狠狠地批评，但是对我而言，即便基本上已经忘记了那个男生的容貌，但是这句话却一直记着。

有时候我也会被问到，你也有那样的话吧？于是，不知为何脑海中总是轻轻跳出那句话。虽然不知道作为座右铭来说是否合适，但对我来说确实是很重要的一句话是：

"抹布的污垢要搓掉。"

从一位敬爱的老厨师口中听到这句话的瞬间，耳畔如雷鸣般作响。我品味着如同被雷声和瀑布冲击的感受，那个时候想到遇见非常重要的话语的时候，人就会受到这种冲击吧。

这句话就是字面上的意思。洗抹布"污垢是要搓掉的",就只是那个意思,但是这极其简洁的语言里有新的发现、有依托经验的洞察。这虽然被看作简单的技术指南,但是把"洗"这个词语的意思绵密地解剖开来给你看,这一点也有技术所在。

那之后,"污渍要搓出来"这句话便经常在我脑海里回响。实际上,单单的洗和搓相比,污垢的掉落方式完全不同。手指如那般细致地揉搓,纤维内部的污渍被带到外面来,浮现出来。那之后的抹布之类的,就像泡了一个澡一样,变成小小的清爽的样子,仿佛它的心情变好了。

处理某个东西的时候,要仔细,认真地对待。这句话也可以随意扩大解释。今天我也在勤奋地把"抹布的污渍搓出来"。

大人的抢椅子游戏

抢椅子游戏,无论何时都会令人兴奋。比人数少一个的椅子摆成一圈,众人绕着椅子一圈圈地跑,待信号一响,大家无比着急地冲向椅子。虽然是简单的游戏,但很有意思,大家为了不成为被落下的那个猛冲到椅子旁。幼儿园的时候经常玩,即使现在大了,玩这个游戏时也依然很认真。

不过,我要说的并不是抢椅子的故事,而是换椅子。

我时常会变换椅子的位置。于是,家里的氛围也会发生很大的变动。平日,椅子都会被放在各自的位置上,但我会更换已经固定下来的位置,试着解除它们理所当然的角色。

这是非常简单的事情。把餐桌配的椅子有的朝向这边,有的朝向那边;有的朝向左边,有的朝向右边。

这样只是零散地安排它们的位置,风景就会发生惊人的变化。或者把卧室的椅子和客厅里放的椅子对换。一个是有靠背的四条腿椅子,一个是没有靠背没有扶手的凳子,即便是完全不一样的椅子,只因一时的想法,想着"就让你去那里吧",于是就将它挪了位置。

我家的椅子定期地在家里一遍遍地移动。坐着的人也有所会意,"哎呀,这次是你过来了啊!"和前几日完全不一样的感受,能给人一种新鲜感。同时亦会再次注意到,椅子这一家具所拥有的空间支配力。

所以,我家的椅子全都是零散摆放的。

餐桌的椅子每一个都不一样。木质是唯一的共同点,除此之外,颜色、椅背高低、椅面大小、扶手有无、光滑与否、新旧抑或是否改造各不相同,如此新旧混杂的五把椅子组成了一个队伍。看起来虽是奇怪的风景,但我觉得椅子不排列整齐亦可,四散的感觉亦可享受,于是下定决心,一个一个将这些收集起来。

在这期间,我明白了许多东西。椅子本身散发出和用途相连的信息。打开邮局包裹时,要稍微使用一下餐桌的边缘，意识过来时，发现坐的是简便的凳子；要写明信片的时候，坐的果然是很舒服的椅面很大的那把；想着要平静下来的时候，突然留意，发现坐的是带有扶手的椅子。即便是同一张餐桌，椅子的不同能造成其他的位置更好，想到椅子在沉默之中发出的这些指示，有一种小小的愉快感。

——虽然并不是不明白你的心情，但是那样做太麻烦了。对于说这样的话的人我也有一个建议。不变动椅子，而是变动坐的人。也就是说，椅子还是那些椅子，但是经常改变坐的位置。

即使这样，体验也会让你惊讶。虽然是同样的家里，但是能够看到的风景相差甚远。你会意外地发现，某个地方的景色更好等等。

我想着这和什么东西类似，于是发现不就是和抢椅子游戏一样吗？这是不减少椅子个数的抢椅子游戏。

周一早晨的烦恼

周一早晨，突然精神亢奋地在家中巡视。眼神不好的我，如同同恶魔梅菲斯特做交易，交出灵魂的浮士德博士一样，永不满足。

这天是回收垃圾的早晨。我住的地区，一周开始的周一和中间的周四回收两次可燃垃圾，其间回收一次不可燃垃圾、一次再生垃圾。不想在第一次就败下阵来，于是就想把能拿出的垃圾不留丝毫地拿出，使周围干净清爽。

早上七点，把厨房垃圾桶里的垃圾袋一点点地向上拽出。从周四开始积攒了四天的垃圾，相当有分量。一放在地板上，垃圾袋就无力地摊开，像啤酒桶一样。还可以再放点，我小声说着，每次都是干劲十足。

不过，也有些许的叹息。虽然想用心生活，尽可能不产生多余的垃圾，但最终却还是这么多，总是体会到被卷入恶性循环一般的无力感。不过今早是想要爽快的一周之初，不想体会那种感觉。

（将可燃垃圾全部收集。）

心中燃着生疏的激情，我仔细地观察冰箱里面、桌子上面。用过的记事贴、过了期限的洗衣券、传单等等都不漏掉，没有特别可以收拾的时候甚至会打开钱包，把不需要的发票拿出来扔掉。特别有成就感的是收拾花瓶中插的花束。花束有较长的枝，无法塞到已经放了四天垃圾的袋子里，所以要新拿出一个垃圾袋，一边用剪刀剪断，一边手法熟练地将其放到袋子中，而愉悦度则直线上升。在这个愉快的一周的开幕式中，我满足地肯定自己。

当然，做完当天早饭的刚产生的生活垃圾也不会放过。在张着大口的垃圾袋的最上面，再度追加上新的生活垃圾。不过，这个时候，会有一个想法闪现在脑海：堆肥。将生活垃圾作为肥料，放在土里让其循环，这样的有机的循环非常环保，很有吸引力，但是使用堆肥的朋友的哭腔还是打消了我这个念头。

"肥料超额堆积、超额堆积,房子都要被埋在土里了!"

不行,我忍受不了。像我家这样的小院子,能预感到立刻就会被肥料之海吞没。

到了八点。负责把垃圾拿出去的家人开口了。

"这样拿出去可以了吗?"

我连水槽背后都确认一遍之后,满足地答道:

"可以,没有问题啦!"

这样,周一早晨的垃圾袋就被拿到回收处了。

八点半,如同沐浴焚香之后的心情。吃个梨什么的吧。我拿起水果刀。于是突然注意到从梨上垂落下的生活垃圾,不对,是长长的梨皮。

("骗子梅菲斯特!")

察觉到这一情况的家人憋住笑声,特意残忍地细语道:

"垃圾回收车好像已经走了。真是可惜啊!"

／小鸟来的那天／

蕾丝的空隙

　　窗边悬着的白色蕾丝挂件正在轻轻摇动。

　　那是去东欧旅行的朋友给我的纪念品。直径十厘米左右的圆形，上面带着一个用同样的线编成的小圆环。不知道是做什么用的，但我认为这是用来挂起来的，便在窗户框上钉上钉子，把它孤零零地挂在那里。

　　阳光开始照进房间之后，稍过一会儿，突然注意到它。在稍远的地方放着的桌上形成了一个漂亮的圆形影子。如同在桌子上雕刻出来的纹样一般。那是阳光通过窗边这个有着镂空花纹的物件而产生的影子。

　　我站在那里看着圆形的影子。

　　接下来回头，看向窗边那个白色蕾丝挂件。

　　互相对比着看，有一种轻微的冲击。蕾丝是用线织成的镂空织物，织物的空隙有两个之后才变成蕾丝。不知不觉间，人开始只注意到那里"有"的织物，但实际上，那也是"不存在"的空间。对于蕾丝来说，中间的空隙有着凌驾性的存在感。这样想着，发觉到现在为止都没有注意过的蕾丝空隙，渐渐显示出重要的意义。

有实体的东西和没有实体的东西，拥有同样的意义。也可以说，空白实际上拥有清晰确定的形状。

今夏开始穿的蕾丝连衣裙也是同样的东西，我想。那是一件黑白两色的蕾丝裙，圆形主题图案与十几个黑白方格相缀在一起。自然是透亮的，所以在下面要穿着同样尺寸的一件薄衣服。

我穿着一件类似黑色的长衬裙的衣服，所以就把连衣裙套在外面。于是，黑色变成底色，蕾丝纹样便清晰显眼。在镜子前面看样子时很是惊讶。原来是这样啊。缝隙并非只是简单的呆呆的空间。

内心突然涌出了兴趣，接下来把手里拿的白色长衬裙拿出来，再次穿上。于是，底色变成白色，蕾丝花纹中白色部分的轮廓溶解进去，和刚才完全不一样，变成一种成熟的感觉。整体的印象颇为模糊，但是这时候,黑色的图案突然浮现出来,也很有意思。果然,这里也是如此。缝隙在默默之中产生显著的效果,表现出真实存在的感觉。

一定是缝隙带有冲击性吧。那是为了避免日晒,躲在公园的树荫下乘凉的时候。坐在长椅上,一边擦着汗,一边抬头看着天空,伸手去碰头上的樱花树枝。于是,虽然只是树枝的重叠而已,但缝隙,也就是树枝和树叶对面的蓝色的空间,如花纹一样飞入眼睛。

这很有意思。并没有像这样仔细地看过缝隙。突然注意到时,将焦点从树枝移开,于是发现那里散落着无数的蓝色花纹。凝神看过去,里面也有云朵的白。初次眺望的这个意外的花纹,出人意料,我不厌其烦地注视着。

在蒙帕纳斯公墓

从窗帘的缝隙向外看,已是早上八点多,但外面仍是沉寂的昏暗。这是十月末的巴黎,眼前的蒙帕纳斯大道上车辆、人影都稀疏难见。不过我穿好了跑步鞋,连帽衫的拉链也拉起来。出去慢跑的想法推着自己出了位于六楼的房间,按下电梯向下的按钮。

这是在巴黎十四区,我到蒙帕纳斯区的第五天。昨天清晨天阴欲雨,就断了出门的念头,但前天一直跑到六区的卢森堡公园。被宏大的法式庭院的美景裹挟,随性地一会儿提高速度一会儿慢慢行走,汗流浃背地回到宾馆时,早已过了十点。当然,那个时候外面是闪耀的蓝色天空。巴黎的清晨一旦天亮,须臾之间就明亮起来。

今天要去哪里呢? 身体浸在薄雾之中,我沿路向前走了数步,眼前出现了瓦文的十字路口。依旧如昔日一般的劳特尔多咖啡馆(La Rotonde)映入眼帘。以前在这一带住的贫穷的诗人和画家们,每天都聚集在咖啡馆里,斜对面的圆顶咖啡馆(La Coupole)和稍微靠前的圆顶咖啡馆(Le Dome)挤在一起,自豪着其依然健在。①

决定了,去蒙帕纳斯墓地!沿穹顶咖啡馆门前的道路直走,尽头处便是蒙帕纳斯墓地。众多担负法国文化的艺术家和文学家在那里长眠。今天就从早上参拜墓地开始吧。

穿过被叶子枯黄的景观树包围着的大门,便看到依旧绿意盎然的蒙帕纳斯墓地,墓地很大,向远处延伸。仅仅十五分钟,雾霭散去,彻底变成早晨的清爽天气,人也神清气爽。这里虽然完全如公园一般,但大步奔跑的心情却消散。

和门卫大叔目光相遇。

---

① "La Rotonde""Le Dome""La Coupole"是鼎立于蒙巴纳斯大道两侧的三家咖啡馆,均以"圆顶"命名,是二十世纪上半叶法国艺术界和思想界的神圣"金三角"。

"你好！"

走进之后他开始搭话。

"你带地图了吗？如果没有的话我可以给你。"

真是亲切。递过来的地图封面是示意图和一百个序号，里面则对应着一百个人的姓名及职业。萨特和波伏娃、玛格丽特·杜拉斯、波德莱尔、塞尔日·甘斯布、圣桑、珍·茜宝都在这里静静地睡着。

在萨特和波伏娃亲密埋在一起的墓地，我第一次合掌鞠躬（果然是日本人！）。但是，在这里却受到冲击。墓碑上刻着的两个人的名字，周围如同被围绕一般，布满了许多粉红色的吻痕。这是令人不禁微笑的光景。杜拉斯的墓前，某人已经来过，留下艳丽的玫瑰色的花朵。清晨的墓地被某种柔和的氛围所包裹。我在摄影大师布拉塞的墓前合掌之后，想到墓地七区里还有摄影家曼·雷，但并没有找到。暂且对着七区所有的墓碑合掌吧。沿整齐辽阔的墓地转了几乎两圈，已完全亲近了这个地方。

清晨的参拜真是一件心情愉悦的事情。就像和长久以来就熟悉的艺术家、文学家打招呼一样,总觉得很高兴。

　　回去的路上,顺便去了面包店。口袋里的零钱只能买一个羊角面包。从包裹的袋子里传来诱人的香味,肚子突然咕咕地响了起来。

朴素的篮子,两个、三个

偶尔去的酒吧的吧台上,放了一个大的竹质浅篮子。光线照射下的时髦空间中,几何纹样的朴素网格鲜明地映在眼前,总是让我看得入神。

夏天时会放上番茄和笔姜,有时也会摆着高高的麝香葡萄和黑葡萄串。前不久,隔了许久之后再去,二十世纪、长十郎等品种的梨堆得高高的样子首先映入眼帘。这是个很好的酒吧,可以望着它们,嘴里品味的马丁尼的味道也无与伦比。

篮子的魅力之一,是吸引眼球。水果或是蔬菜,只是从购物袋更换到篮子里,就突然有了引人注目的存在感。片刻之前还在蔬菜店门前堆着的普通洋葱,一旦放到篮子里,就令人另眼相看。茶色的薄皮包裹着的球形,不知为何竟有了自豪的神色。样子、颜色、质感都以篮子为舞台,自信满满地展现出来。萝卜也同样地得意扬扬,只要我用放在厨房里用来储存东西的篮子盛着。通风性好也是篮子的优点之一。

篮子朴素自然的质感,让蔬菜和水果暂时回到山野间。虽然只是原模原样地放在眼前,但是却在无言之中,让人想起它们本来是在土中、枝上生长的东西。洋葱和茄子竟变成一种使人敬畏自然并不胜感激的风景。当然,用竹子或藤条编的篮子本身也是美的,美的东西便也衬托出其他东西的美。

不过,虽说挎着篮子有很浓烈的夏日的风情,但我觉得秋冬也一样,不依季节也没有关系。我一年之中买东西时,常常带着篮子。去东京筑地^①那里,穿着高筒胶靴的粗犷的大叔们,个个手里都提着藤质或竹质的采购篮,样子无比帅气。那种篮子结实、防水、耐脏,总之非常实用。我幻想着某天也能用一下。

实际上,精细编成的篮子,结实得令人惊讶。我这

---

① 东京筑地市场是位于东京都中央区筑地的公营批发市场,亦是日本最大的鱼市场。规模大、知名度高,是日本首屈一指的批发市场。

几年,在洗脸台旁边放了一个竹篾编的篮子,放化妆品。每天重复着开开关关,触摸之间篮子渐渐出了隐约的光泽,心中便涌出更强的喜爱之意。它的样式和功能也恰到好处地融合,极其出色。中间留出正方形空格的镂空编法、斜着编出六角形或正六角形的编法,一下子吸引眼球的一挑一编法、很有规则性的斜纹编法,这些编制的手法,加上地方特色,再配合上材料本身的感觉,生出数不清的味道,简直无敌。

有些感兴趣,便查了一下,知道鸟取的青谷上寺遗址出土了非常多的弥生时代的篮子状的东西。那似乎是为了收藏、保存收获的粮食,不过,可以肯定的是人们从古代就已经开始利用身边的植物编织篮子了。那么,到底是以什么为参照来编织的呢?也许是鸟或蜜蜂的巢吧。也许他们仔细地望着那些巢,突然萌生出了想法。我天马行空地幻想着在身边放上许多篮子,真是十分高兴。

周日早晨的烤薄饼

今晨光线比往日稍亮,有一种被某位神灵祝福的气氛。极偶然的日子里,便会有这样的感觉。虽没有特别的理由,但会觉得这是非常好的周末的开始,想微笑地抬头看着窗外的蓝天。

这样的周日,最适合的早饭就是烤薄饼。

它一点儿也不困难。你仅仅需要在煎锅里倒入薄薄的一层面糊,将两面烤到松软而稍微鼓起便可以了。要说它和烤饼(hot cake)的区别,最简单易懂的解释是:烤饼需要的面糊比较多,而烤薄饼则极少。所以,烤饼必然会添加糖浆和黄油,但是烤薄饼的话,同样的面糊可以烤成多个薄饼,可以加上果酱和蜂蜜,也可以加上培根、火腿、芝士、沙拉等等。它的味道可甜可咸,可以随意变成任何口味,极其便利。

对我而言,烤薄饼也连接着如梦一般的二十五年前的午后时光。那时久居伦敦的好友回国,举办一个替代与我们分别见面的家庭派对,并邀请我一定要去。我带着一小束花和其他的东西,兴冲冲地跑过去,看到餐桌上摆着整套的盘子、刀叉以及纸质餐巾。邀请的七个人都坐好后,朋友说道:

"今天是烤薄饼派对!我烤了很多的薄饼,所以大家按自己的喜好尽情地享用吧!"

漂亮的搭配让人看得入神。我现在都还记得餐桌中央的光景:熏鲑鱼、火腿、香肠、酸奶油、农家干酪、苹果、蔬菜沙拉、土豆沙拉、南方越橘酱、蜂蜜。她在小炉子上面放着煎锅,昨晚做好并放了一夜的面糊因为加了鸡蛋,舀起来便滑溜地掉落下去。取小小的一点儿面糊,一个一个地正反两面翻着烤好。不断烤好的圆圆的薄饼,为了防止变凉而包在厨房布里。我们在自己的碟子上放上烤好的薄饼,有的在上面放上火腿和芝士并包在一起,有的卷着沙拉,各自加上自己喜欢的。大家一手拿着盛有冰过的白葡萄酒的酒杯,脸上都是再也没有比此刻更幸福的表情,不知不觉中吃了许多。

"在伦敦就经常举行这样的烤薄饼派对，"她笑呵呵地说道，"这个仅仅需要烤一下就可以了。材料方面，什么都可以搭配上，又轻松又愉悦，而且比任何东西都好吃。再配上白葡萄酒就完美了。"她说这话时的笑容我现在都还记得。

因此，我做的烤薄饼中，也混入了散发着耀眼光芒的二十五年前的午后时光。面糊的制作方法，也和那天她教给我的一样。面粉、鸡蛋、牛奶、发酵粉充分混合均匀，诀窍是要在冰箱里放置一晚。不过对我来说，大部分时候都是在周日早晨突然有了想法，于是便认真地做起来。因为当我发现"今天早上好像有种被某位神灵祝福的气氛"时，便很快为这种氛围所感染，匆忙地想要微笑着做烤薄饼。

鱼干之岛的秋祭

十七时五十分,定时发船的渡船"新伊吹"号从观音寺港离开。这是像巴士一样的小渡船。皮肤晒得黝黑的渔夫、带着孩子的母亲、高中生、钓鱼的人,众人零星散乱地坐着,但船上却有一种闲适的令人亲切的氛围。

二十五分钟后,我们登上濑户内海上浮现出的一个六百人不到的小岛——伊吹岛。

这是我第二次来伊吹岛。

很早以前,就一直想着要去这座出产我喜欢的鱼干的小岛,去年夏天,终于有了最初的机会。做好充分心理准备后登上小岛,只见捕沙丁鱼的渔夫沿着海岸摆成一长排,煮鱼干的锅里升出白色的蒸汽,弥漫其上。很精神的婆婆,把黄色的毛巾用力系到头上,递给我一尾刚出锅的烘干好的鱼干。

"尝一下吧！"

那是威武的 L 号，可以称得上是大鱼。能够和喜欢的"我的鱼干"面对面，心中诸多感慨。

离开小岛的时候，负责当地"伊吹岛研究会"的三好兼光嘱咐我，"等到秋天的时候再来哟！"秋祭的时候有船渡御的神事。被这句话吸引，今年的十月一日，"伊吹秋季大祭"这一天我便又来到岛上。

翌日早晨，是心情舒畅的秋日晴天。我匆忙赶到真浦港，捕沙丁鱼的渔船"松荣丸"刚刚被五光十色的大鱼旗装饰好，十分华丽，显得正式而庄重。仔细看过去，发现那是两艘船并排连在一起。载着神体的神轿被放到里面，跟着旁边的那艘船环小岛一圈。海风吹得大鱼旗哗啦作响，仿佛在庆贺平成二十三年的秋祭，节日的喜乐氛围无与伦比。

是现在吗？是现在吗？我兴奋地等待着仪式的开始。

临近正午，终于看到人们从前殿将装有神体的神轿抬向港口。一路前行的队伍最前方，是一身白衣的捧着衣物箱的两人,后面依次是手持弓箭和长枪的孩子、岛上的老前辈们,接下来则是抬着神轿的男人们,他们迎来四十二岁这一厄年。最后则是分别代表东、西、南三个部族的豪华太鼓台。除此之外则是注视着队伍的岛民们,每一个都带着自豪的表情。

我很是惊讶。在这座漂浮在濑户内海上的小岛上,人们每年都这般认真地传承着自己的文化,这一事实令我震惊。与此同时,因为鱼干而与伊吹岛结下了缘分则让我觉得愉悦。此外,我还有了极其珍贵的体验:六十一岁的三好先生以及他的老友,登上举行仪式的相邻的船上,并邀请我同乘。

大鱼旗哗啦作响的"松荣丸"方一入海,陪同的五艘船就跟上。沿着供奉着惠比寿的海岸依次滑向海里,途中,所有船只并排停在海上,大家吃便当,和神明一起吃饭,在载有神轿的船上,交杯换盏,不拘礼数。

出了真浦港大约两个小时后,船队再次驶向港口,正点结束了船渡御的神事。

狭长的濑户内海，海浪带来无数的小水花，那闪耀的景象令人难以忘记。而明媚、舒爽的秋天的日光包裹下，伊吹岛的人们代代地祭祝着海神。

女三人、酉之市①

　　今年的酉市有三次，一酉、二酉、三酉都有。我们三个女人约好要出门，参加二酉。去的是惯例的新宿花园神社。

　　虽然是十一月半，但今年颇为暖和。似乎每年都在变得更热。在石板地上站着的时候听着久违的声音，大家跟着参拜的队伍。最终到了抵达前殿的石阶时，一人随口小声地说："我们三个一起去酉市有多少年了啊？"

　　剩下的一人以及我，如被推入虚无之中，瞬间竟有些愣住了。大家也没有特别地数过。

　　"过了十二年了。因为是在平松搬到现在的住处

————————

① 酉市。日本每年十一月逢酉日在各地鹫神社举行祭典的描绘。从最初的酉日起依次称作一酉、二酉、三酉。

之前开始的。"

"那样的话,不应该是十五年吗?"

"不对,是从更早之前。因为,你想……"

最终,核对那些结果,发现其实是十七年。大家站在石阶上,互相看着对方认真的表情。假若是十七年,那如同一年一年地堆积石头那般,我们也从这里已经连续走了十七次。

参拜之后,惯例也要去抽签。"啊,我是大吉!""我这个是小吉""那种是恰到好处啊",互相说的话也如往日一样。之后,便是去热闹的场内,在鳞次栉比的售卖熊手①的店面中,找到往日的那家,各自买自己喜欢的熊手。在木牌上用墨写上名字,让店主把熊手递过来,我们比往日更加欢乐地鼓掌欢呼。这就是我们三个人的酉市。

举着熊手,沿着石阶往下走,想着若是只我自己,肯定不会一直过来。实际上,我讨厌被定好的事情束

---

① 捞钱的耙子。酉日市集上出售的耙子形竹质吉祥物。

缚住，也不迷信某些事物，特别忍受不了被习惯所拘束的沉闷的感觉。反倒是不养成日常生活的固定模式，随机应变的时候，才会觉得日常生活中有一些有意思的事情。早上走一个小时，若说是日课也确实是，但是一旦想到那是固定好的，就失去了早上要出门走走的愉悦。仿佛"愉悦"之中被注水了一般，所以我总是会站在和固定好的事情隔一点儿距离的地方。

对于去酉市这件事，虽然并不会特意约定，但是会去问"今年什么时候去"。被岁时节日召唤，大家来到同一个地点，那份愉悦也有了根据。

今年我们共同的朋友中有三人去世。买到熊手之后，去附近吃饭也是往日的流程，不过，话题仍是关于离世之人。好友去世前一个月的今春，无论如何她也想完成去塔希提岛的愿望，于是得到医生的许可，在旅行中度过最后的时光。听闻这些话，想到我们也已经到了这个年纪，不禁肃然。

"下一年还这样吧，大家一起来。"

一个人说。

"时常也要吃个饭啊。多见见。"

"哎呀,"我说,"去年我们也是这样说的!"

三人一起哈哈哈地大笑起来。

Miruko 的"无发生活"

身体不舒服的时候,情绪郁积的时候,便一直睡觉。泡完热水澡,钻到被窝里,即使睡不着也闭上眼睛。慢慢地来了睡意,一切事情都忘在身后。醒来的时候已是早晨,便觉得反正生活进入了下一个画面。

但那天早上这样的场景却没有到来。在平日的时刻起床,去洗脸时突然左背下面传来尖锐的刺痛。如同被哥尔哥 13①狙击了一般,疼痛扩展到整个背部,我挣扎着挪到客厅的沙发上,但身体依然不能动,如石化了一般。

虽然马上慌张地去附近的医院,但是在挂号之前还是被疼痛击倒。不能动、不能走,心跳剧烈。最终自己被人用轮椅推到检查室,首先做心电图。

①　日本漫画 *Gorugo 13* 中的主人公,天才狙击手。

横卧在关了灯的检查室的床上，想着硬硬的垫子上面如石头一样的自己，有一种被随意扔到这里的感觉。想着稍微调整一下呼吸，闭上眼睛，便想起两天前刚看的书的内容。那是山口 Miruko 写的《无发的生活》(Mishima 出版社)。山口是经手许多书籍的编辑，从多年工作的公司辞职的一个月后，被宣告患上癌症，突然间不得不过上与癌症抗争的生活。

"没想到自己居然成为了尼姑。(中略)早上醒来，脸上全是头发，眼前完全漆黑。这一辈子怕也不会忘记这件事情。"

化疗开始第十天，白细胞减少，第十四天，开始脱发。头发不断掉落的过程中，头皮疼痛，所以使用制冷药品，那种凉爽的感觉让她觉得快乐。这样的描写真实生动而打动人心。但是，也有客观审视自己的描写，比如山口站在头发紧紧粘在上面的洗漱台前面，看着镜子，发觉"额头反而比之前好看"。三周后，则"变成了尼姑"。

虽是点缀着痛苦的"抗病记"，但是越读便越觉得心里如有清净的空气吹入，体验一种无与伦比的神清气爽的感觉。对于已经患上的疾病，首先不过分地慌乱，接着选择必要的措施，相信自己的潜力，等待好的结果的到来——这样写着似乎很爽快，但是在内心充满痛苦、恐惧、不安的状态下，"等待"其实是一件非常痛苦的事情。

但是 Miruko 不是在"忍耐"，而是在"等待"。

忍耐是已经被当下的痛苦所淹没，但是等待则不一样。它是超越痛苦的感受，透彻地看到自己身体的变化，昂起脸看着前方的希望之光的状态。虽然"等待"往往会被人看作是被动，但是四十多岁的 Miruko 在最困难的处境之中，伴随着身体的感觉，将等待变成带有希望的做法。这种姿态让我倍觉感动。之后，Miruko 也再次迎来了"有头发的生活"。

而她又教给我另外一个很重要的事情："没有某物"的生活，和"有某物"的生活是互为一体的。现在的"有"，就是将来"没有"的反面。不说疾病，就是死也是如此。在生之上，死是极其自然的事情。

我如僵硬的石头一般，被扔在检查台上。但这种状态下，我想到了"没有某物"的生活此时却真正的"有"——进行了很多检查，目前心脏并没有问题。

时隔四十年的暖水袋

"不知不觉中就陷落了。"

打了多年交道的男编辑不甘地自言自语道。问了一下才知道，原来是难以抵抗寒冷，便买了秋裤，今天穿上了。"这不挺好的嘛。比硬挺着感冒好多了。"我说。

"话虽如此，但是一旦穿上就脱不下来了。所以还是不甘心啊！"

如果是这一点的话，我非常理解。身体一旦记住了那种感觉，对于温暖的阈值就会提高，之后自然就是想要紧紧抓住那种热乎乎的幸福感觉，再也不想脱下了。

我也很难回到过去了。因为我已经再次享受了暖水袋。

还是小学生的时候，到了严冬，便是暖水袋出场的时候。提前往被窝里放暖水袋是妈妈每天的例行工作。

直到今天我仍然记得，身体钻入被窝时那一瞬间的快乐。上下两床被子满满地吸足了热量，被窝如同温暖的洞穴一般。我如犰狳一样，四肢缩在一起，沉溺于那如同通向永恒的冬眠一样的快乐。于是，对我来说，暖水袋也是通往过去岁月中甜美回忆的钥匙。

今年的酷寒让我想到要不就与暖水袋再次见面吧。进入二月后天气分外寒冷，稍不留意身体就感受到一种尖锐的刺痛感。

既然这样，那就买上德国生产的暖水袋，做好充分准备吧。那里面是柔软的树脂材料，外面包裹着羊毛套的很简单的那种，只需要打开塞子灌入热水，将塞子用力塞入，之后直接放入被子之中就行。第一晚，放入之后过两个小时左右，我战战兢兢地钻入被窝，顿时那种亲切的幸福感再度涌过来。

翌日早晨，我稍微做好心理准备。实际上，以前用的暖水袋到了早晨，就完全凉了下来，彻底变成了被窝里的异物,脚尖碰到时会一下子缩回来,这特别让人伤心。

我在被子下面,怯怯地探索着应该滚到脚边的热水袋。于是发现……还是热的!拿到手里,柔软的暖水袋,仍留存着温度,好似贪睡的猫咪一样。从这以后,我就再也离不开暖水袋。厨房的事情做完之后,就烧热水灌入为晚上预备的暖水袋之中,用力塞进塞子,藏到被子之中。这已成为我的新习惯。于是,等到钻入被窝时……与其说是陷落,不如说是我被暖水袋笼络住了。一旦再次体验这种慢慢释放热量而带来的亲切的温暖,别说不能回到以前,甚至连试着逃跑都不能了。

某天晚上,我有聚会,便迟了一些,到了深夜才回到家里。于是,两个本来应该在厨房角落挂着的暖水袋哪里都找不到。奇怪啊,我不可置信地想着,突然想到"莫非是……"急忙走到卧室,手伸到被子之中,哇!果然,热乎乎的温暖的暖水袋安静地待在那里。

带着开玩笑味道的家人,围观我到底会持续到什么时候,但是他们自己也轻而易举地就"陷落"了。大家自己准备自己的暖水袋,随之而来的则有一种亲切的感受。相当愉悦的时候,夜里都呵呵地笑起来。

消失的一半

天气越来越冷，有时在道路的正中间，有一个黑乎乎的奇怪的东西孤零零地躺在那里。

老鼠吗？

不是。难道是？

但是，一直到能判断出来之前都屏气凝神。心里有一种微妙的害怕的感觉，我轻轻地接近。怎么看都不像是老鼠啊。安抚一下内心，缓缓地迈步走过去，啊，果然是……

手套。单只的手套。

松了一口气，也有了闲心，于是竟涌出了同情的感觉。注视着掉落路旁的手套，思维飘向另外一只。

它们是变成讨厌鬼，没人要了吗？还是被刻薄对待，处境悲惨？想到另一只手套，心里生出怜悯之感。

虽然失去另外一个会不知所措，但是有时也会意外地再见。不管如何找寻，但消失的一只短袜还是找不见，而等到你在衣橱里发现它时，觉得如奇迹一般。和那一样，一只手套也是，或许另一只被吹到电线杆凸起的螺丝钉上面，或者在灌木篱笆上面，或者被亲切的人捡起，在寒风吹拂中等待被找回。你耐心等待便可。这样说起来，小的时候，手套都是带着一条可以挂在脖子上的带子的。

也有丢失一只长靴又回来的事情。

那天到了午后，雨完全停了。放学回家的途中，长靴和雨伞变成极其讨人厌的东西。我们哗啦啦地蹚过积水处，渐渐有了劲头，某个人一边大声地叫喊，一边把靴子甩飞。

"明天的天气是什么？"①

毕竟是很重的胶鞋，所以飞出预期以上的距离。鞋从脚上一下子甩开的瞬间，爽快而开心。"明——天

---

① 　小孩玩的一种游戏，将鞋踢飞，根据落地的情况判断第二天的天气。亦是日本的一首民谣。

的天气"，唱完这一句以后，稍作停顿，积攒一下力气，然后将靴子甩飞，眺望着它沿抛物线飞行。然后单腿跳向落下的地方，取回靴子。这个游戏很有意思，我和朋友们竞相轮换着甩着鞋。

无数次"明——天的天气"之后，我果断地小腿一踢，鞋子带着让我惊讶的强大力量，一下子从脚上飞出，向着傍晚的天空飞去。我呆呆地目送它，于是看见红色的长靴飞入陌生人家的院墙内，无声地消失了。那时根本没有按门铃求救的勇气。

一想到回到家就会被骂，就觉得光着一只脚的自己格外悲惨。现在已经忘了当时想了什么样的借口，但是肯定没有说是自己甩飞的。剩余的一只靴子孤零零地立在大门附近，那种样子有极强的孤独感，很有凄凉之意。我想到下次下雨天该如何办才好，内心也不安起来。

数日之后，放学的途中，沿着同样的道路走，在一家的大门旁边，放着一个熟悉的红色的东西。不是其他，正是下雨那天消失在围墙后面的我的那只长靴。

我悄悄地走进，一把抓起，抱在胸前，如脱兔一般一路奔回家。

回去之后立刻就把它放在原来那只的旁边。两只在一起后，原来那只松了一口气，心情大好，仿佛手握在一起，说再也不要分开了。

今天的信箱

每天都会收到许多信件。

打开信箱往里一看,就如往常一般畏惧起来。保险公司的通知、地区附近的广告、住的这处集体住宅的月度报告、展览会或个人展览的介绍、稿费的支付通知单、装着寄赠书籍的厚厚的信封、数本寄赠的杂志……日日都有如此繁杂的信件,打开信箱的瞬间,印刷品堆得满满的光景,简直就是宇宙形成之前的混沌。

打开信箱的瞬间,有时会高兴地伸手去拿,有时则会有想哭的冲动。有意思的地方是,唯独这一点我无法提前预测。自己不能读出自己反应的方向。不觉之间,我养成了以打开信箱之时自己的反应来测试那天疲劳度的习惯。淡淡地取出来的时候当然是没有什么问题的一天。看到有带有"寄赠"或者作者印章的信封,哇,是本什么书呢?谁送给我的?心里生出一种冲动,想迫不及待地就在原地立即打开,看看里面是什么。这种时刻自然是状态很好。问题是也有无缘由地想哭的时候。那个时候的情绪,无疑是消极的。一旦看到堆积如山的信件,如背负上大量债务,又像被无形的对手胁迫,一种说不清道不明的情绪不断升高。我无法利落地应付这种情绪,实在对不起,虽然也不知道该对不起谁,但就是想胡乱地道歉,这样的自己真是难以处理。

今天,也有些累了吧。手无力地伸进信箱,将信件咔嚓咔嚓地扯出来的时候才初次意识到。下雨天最烦人,为了防止信件淋湿,要把雨伞斜着撑过去,如此摇摇晃晃地看信箱里面,感觉自己好像是世界上动作最呆滞的人。手一滑,信封落在灌木丛里沾上了水。将湿了的信封抓起来的时候,便是悲惨的高潮时刻。

振作起来,单手抱着信件,回到家里。换掉衣服(试图挽回颜面),坐到沙发上(试图摆好身姿),尽可能地平复下来(些许虚张声势)。虽然单手拿着剪刀一封一封地剪开，但仍旧是陷入恶性循环之中。手里拿着极好的杂志，但是对不起，现在没有闲心，没法阅读。简直是要哭的表情。即便之后再慢慢地读也可以……

我有一个同样是作家的友人，他自己就认为自己患有"信箱恐惧症"。虽然是先取回来，但一旦进入屋里，就必须要开封，必须要读完……被这种强迫观念所挟，都要变成蒙克《呐喊》中的表情了。所以他就选择数日不收，让它们堆在大门口，暂时"腌"一会儿。我非常理解。以写作为生的人，从早到晚一直写啊读啊，所以时不时脑袋就会决口，文字溢出来。

但是，有一次，在这种时候，我在信件之中发现了一张手写的明信片。天上垂下来一根蜘蛛的丝！我紧紧地握住，高兴地读了又读。

记忆之中的房子

记忆中有一些忘不了的房子。有小学同班同学的家,木质门牌上的姓名已褪色到记不清,但是大门口拉门所发出的声音,仍残留在脑海里;有京都的商家,穿过昏暗的正门,类似门槛的横木不留缝隙地铺着高级的波斯地毯,极其气派;而关于冲绳的房子的记忆中,穿堂而过的海风增添不少颜色,一屁股坐在地板上时喝的茶的味道,旧历正月在位于丝满市的老家房子里举行祭祀仪式的场面,这样想着,惹起许多旅行的记忆。

"抱歉,请问有人吗?"

不管敲多少次门,也仍然确定无疑地复归寂静。那种房子,其存在感渐渐扩大,让人不安。

还有一座我不知道主人,但一直记在脑海中的房子。那是各户的门都朝向走廊的并排公寓。我要去朋友的家里拜访,出了电梯,沿着走廊走。已是午后,经过的房间门口,依然还塞着晨报。

(莫非都出门了?)

在一家门口,突然,如同知道我心里想什么似的,晨报一下子被吸到门背后,接受报纸的开口处啪嗒地关上了。我被吓一跳,赶紧拼命地快步跑过走廊。

无非是那家主人到了午后把送到家里的报纸拿进去而已,然而我却忘不了这一画面。那个时候,我仿佛看到房屋里面有活物,如同吃掉饵料一样把报纸吞下。

再次遇见暴雨的时候,脑海里面也会浮现一座房子。

那是因为工作而初次拜访的一个人的家。匆忙寒暄后,我被邀请到二楼。"哇!"我不禁感叹。上了楼梯之后,立刻看到客厅里一个边长两米的正方形大窗户,如画框一般巨大。

外面绿色的林木,蓄满水的水田,在蓝天中默默飘过的白云,一点儿不漏地将周边的景色收入进来。

我沉醉于窗户之中描绘出的画作，一声不吭。房主人开口了。

　　"我就是想每天看到窗外的这些景色，所以才决定在这里建房子。"

　　等到秋天来了，水田里的稻穗会被染上金黄色，沙沙地摇动吧。收割后的稻田休息了，土壤慢慢干爽，继而会出现裂缝吧。

　　我们暂时沉浸在聊天中，突然天空起了黑云，雷鸣响起。片刻之前还是光与绿的盛宴，突然一变，彻底消失了。如银丝般的雨噼里啪啦地开始撞击整扇窗户，雨滴溅起。我如同潜身在游泳池深处的透明箱子之中，眺望着外面。沉迷于这种感觉，突然想到——窗户也是通向大自然的入口。那时的那间屋子，教了我窗户的意义，因此它和大雨融合在一起，嵌入我的记忆。

　　虽然并没有住过，但是住在我心里的家不胜枚举。

背高高　骑大马

　　背着小孩子的画面,如今极少可见。以前经常能看到这样的画面:暖洋洋的向阳处,大人双手背到身后托着小孩子的屁股,不停上下晃动,哄着孩子。

　　这样说来,数十年前,"孩子是应该抱着还是背着"的育儿争论正盛,以致大街小巷都热闹讨论。在那之前,在日本背孩子是绝对的主流——甚至可以说是无须讨论的生活智慧。不管怎样,只要用背带将孩子牢牢地捆在背上,就不需要一直提心吊胆地担心了。母子一体,妈妈还可以腾出两只手插秧或者杵稻米等等。日本妈妈工作真是厉害。

　　之后,家务事减轻,人们的智慧开始逐渐转到照顾孩子上面,抱孩子这种方式突然就有了优势。将孩子抱在胳膊中,孩子和母亲视线交汇,能有更密切的交流,我记得这好像是它的理由。背孩子的画面从时代潮流中消失便是在这一背景下发生的。我并不知道，哪一种是"正确的做法"。

现在能勾起我乡愁的，就是这种背高高。两手扶着妈妈的脑袋，紧靠她的后背。贴在一起的时候，胸腹处渐渐感受到妈妈的体温。把脸埋在父母的肩头，如期待一样，往常的温暖气息蓬松地充满鼻孔，便没来由地高兴。但是，现在我已经不想去说自己是多么高兴——只是想起那种幸福感，心口就疼痛。

我喜欢这种方式还有一点原因。将身体完全交出的安全感自然无须再说，脚尖摇摇晃晃地在空中甩动的感觉非常好。虽然是一种很难说清楚的感觉，但是脚挨不到地带来的不安定感，反而让内心激动。毕竟是在高高的空中，从母亲的肩膀的高度向下看，那种真实的感觉，使得为了不让我掉下来而守护我的感觉凸现出来。

和背高高差不多喜欢的是骑在父母脖子上。

"骑大马好吗？"

常常撒娇地求爸爸、爷爷以及叔叔们。父亲蹲下来,我爬到他的头上两腿叉开,左右地分开腿。两只手紧紧地抱住爸爸的脑袋,就像插头一样,紧贴着额头周围,认真地调整好身体姿势后,父亲紧握住我的两只脚。

"好了,我要起来啦!"

声音从下面传来后,绕着额头的手紧张起来,两只手腕更用力抱住。一旦不小心,腰会折往后面,掉下来,摔得哎呀一声!如弓已拉满,爸爸一下子站起来,我突然升高,整个世界也变了。那种极端的变化,虽然每次都会带来惊讶和兴奋,但待在比背着我的亲爱的爸爸还高的位置上,让我非常得意。

背也好,骑也好,现在都实现不了了。即使再怎么渴望,那种高兴、惊讶、甜蜜已然消逝。小时候骑的小三轮车,已经骑不上了。

一排小黄鸡，高兴的人

　　如果说喜欢什么样的场景，没有比那种更好了。那时内心会猛地紧张。遇见那种风景的时候，大部分都是晴好的日子，时间约是早晨和中午的正中间。附近幼儿园的小孩子，刚刚十个人，戴着黄色的帽子，亲密地牵着手，轻快走过。队伍前面是系着围裙的老师。

　　和鸡妈妈带着一队小黄鸡一模一样。啊，今天也过来了。一看到小鸡队伍，就会心生高兴。小孩子一本正经地认真走路的样子太可爱了，让人都想一直看着他们。小小的脚会不会不太听使唤？不会绊倒摔跟头吧？小鸡的队伍非常弱小得可爱，让人丝毫没有抵抗能力。

　　今天的队伍，一个，两个，三个，一共八个人。但是样子却有点奇怪。在自然公园入口处，大家默不作声地站着。哎呀，原来是被年轻的老师批评了啊。

　　我从旁边走过，不管愿不愿意，声音还是传到耳边。

"老师已经教了多少遍了！小朋友们跑也好，穿过人行道也好，老师要是说了停下来，就停下来，不要再往前走了。"

男老师正在进行一场大战，但是不是有点不问青红皂白，批评得过于严重了啊？我心里想着这多余的事情从那边走过，之后身后仍旧是很大的声音响起。

"知道了吗？这是非常重要的事情。真的明白了吗？"

知道了！我很想替那群小孩子回答。另一种可怜而怯弱的感觉增大。不用那么批评吧。我心里觉得伤心，沿着步行道前行，哎，这次是另一队小孩子。

这边的鸡妈妈是看上去很老练的女老师。虽然也是很大声说着，但是和刚才的老师完全不一样。全体小孩子眼睛发着光，专心地抬着头看着老师。

女老师的很大的声音传到池塘这边。

"准备好了吗，所有人？要是把手放到口袋里就会被敌人抓住啦！左手也是（左手，举在空中），右手也是（右手，举在空中），接下来这样（两手在胸前交叉成✕

形），我们忍者们，要好好地加油哟！"

小孩子一起喊起来：

"是！"

"做得好！那么大家把寒冷踢飞，开始冲进去啦！"

"好！"

我变成"一边走一边止不住地笑的怪人"了。回过头看，黄色的帽子上下摇动，小朋友的队伍昂首阔步通过池塘旁边。这位充满活力的老师笑呵呵地，像是做给别人看一样，夸张地挥动着双手，特别有活力。

真是太可爱了。我笑得更加停不下来，同时也极其佩服。果然是经过岁月的女老师。比起大声批评不要把手放到口袋里，比起十回百回地提醒手不拿出的话，要是跌倒了就会很危险，这种才是正确的做法。不问缘由地一直压制，脑袋也好身体也好，只会变得僵硬而缩在一起，大人和小孩都是一样。

偶然遇见的这两队小孩子，在心里留下了余韵。刺骨的冷风突然缓下来，在酷寒的冬日的早上和正午的夹缝的时候。

丝袜警报

　　立春那天,家里来了四位客人。其中有位身材高挑的女性是初次见面,不过,我直勾勾地盯着她的双腿,连打招呼时也是匆匆忙忙的。对于初次见面的人,一直盯着别人腿看,实在有失礼貌,所以正确地说,应该是"拼命忍着不把视线投向在她的腿上"。

　　因为她穿着极其漂亮的丝袜。也许是意大利产的。虽然是朴素的纯黑色,但却是某种弹性很好的材料,而且带有透明感和华丽感。修长的腿上,丝袜紧勒着膝盖和小腿肚,给整个腿增添上一层丰富的阴影。那种样子,如同看漂亮的黑白照片一般。

　　当然,她本身也特别美。但是这条明显是有意选择的丝袜,无疑也极大地提高了她的女人味。极其恍惚的我,几乎都要脱口而出"丝袜好漂亮啊",但是转念一想,初次见面就说那种话,还是有些失礼,所以只在心里小声地说出来。

为什么那么炫目耀眼呢？送走来客之后，我反复回忆刚才的画面，逐渐明白了。过去数月中，自己因为严寒而变得颓废起来，一直穿着保暖裤。不透风的厚厚的黑色保暖裤消解了腿的形状，使它变得如木棒一般，因此自己无须在意打扮，真是无上的便利。也就是说，我只考虑防寒。

（那个，光是那样的话可不行啊。不让腿有紧张感的话就会很惨的。）

我觉得好像被无声地教导了一般，所以才觉得如此炫目。

冬季的打扮很容易大意。不知不觉中就屈从了保暖这一考虑。

比如大衣，突然意识到时，会发现它易于穿着，于是，就如同最暖和的衣服一样一直穿着。冷冽的早上，除了外出的夹克以外，其他的衣服都不被考虑，几乎处于思维停滞的状态。毛衣的话也只选择高领的，全身颜色常常都是黑色。头上用围巾一圈圈地围着，一旦戴上就习惯了,之后再也不能回到之前……每天穿着差不多的衣服,即便听到大脑角落里响着警报——"这样是否有点不太好啊?"——但还是无动于衷。

优先考虑防寒,就会习惯那种懒人打扮(如果有这种打扮风格的话)。这个时候,没有比"基本款"更危险的东西了。依赖着"基本款",在自己的逃跑之路上铺上红绒毯,一步一步地后退。特别是女性的话,懒人打扮可怕的地方、真正的可怕的地方是,不知为何体重也隐藏在一起增长。正因如此,严冬之中绝不能抛开体重计。

在各种意义上,终于引来危机感最高的二月,虽然仍断然拒绝接触凉水,但是,像前面提到的漂亮的丝袜却可以穿了。正好今天是立春。

对于立春这一天我会很重视。好的!一念初起,翌日就穿白色 T 恤、灰色的 V 领毛衣等。缩在一起的身体,稍微有了一点儿伸展的感觉了。

闭幕的时间

"那么两周后再见一面,到时再商量一下。嗯,我日程表上空闲的日期是……"

对方把小记事本打开开始念空闲的时间,我急忙从包里取出钢笔,开始在记事贴上写。

哎?

笔尖出现飞白,进而写不出来了。

"三号、五号、六号、八号、接下来是……"

手上使劲,用力地按紧钢笔在纸上尝试着写,但飞白更多。真是奇怪啊。我再使劲按。手用力按紧笔,纸呲的一声被划破了。我不禁愕然,这时对方一边苦笑,一边说"给",把自己的钢笔递给了我。

察觉到墨水用光是很困难的事情。不能看到里面则尤其难。要是透明的圆珠笔的话,笔芯减少的情况一目了然,但是若不是那种情况,便只能通过"写不出来"这一情况来察觉。不过,也有时开始担心(已经没水了吧),但是(不是啊,还有很多)钢笔很有志气地迅速复活过来,字迹重新变黑。

"超级麻烦的是睫毛液的减少情况!"

一位女性朋友这样说。

"因为,你看,等到要用完的时候,毛刷上想要沾一点儿出来但却沾不上,但也不是说一点儿都没有。于是,虽然想扔却又舍不得扔掉。"

明白!我简直头如捣蒜一样地点头同意。睫毛液要用小刷子的最前面粘上,轻轻地擦到睫毛上,但是不管怎么说瓶子是不透明的,完全看不到里面的情况。带有黏性的黑色液体最开始是很充足地附在睫毛刷上,之后就逐渐减少。虽然知道已经到了要重新购买的时候了,但是它就是不能干脆地在那里画出终点线。因此为了不浪费,最终一直延长使用,直至它结束的时间。

自己决定结束、决定落幕、决定关闭,都很困难。已经到了无可奈何的地步,被敌人包围的武将便毅然决然地庄重地坐下,闭上眼睛任由对方处理。我虽然也想有那样的干脆,但总是做不到。若是能预见结局,稍早一些知道,便不会有那么慌乱的事情,但这一点却非常困难。

日历渐渐变薄的时候也是,最先出现的情绪便是焦躁。但是事情就是思考之后才会明了。既然已无抵抗的余地,能干脆地决断就十分难得。若是交由自己来拉上这张幕布,便会磨磨唧唧、畏畏缩缩,就算过再久也还是不去结束这一年。好不容易要结束,所以至少想反击一次,开始整理积压许久的书籍,沉浸于一种佩服自己的情绪之中。不知不觉间,积攒的数只使用过的钢笔也被仔细地检查使用的情况。

不过,突然结束而让人困扰的事情里,最烦人的是简易火锅的燃气罐。此刻锅里冒着白色的热气,咕噜咕噜地煮着,之后下进去鳕鱼、加入白菜,正在做这些的时候,突然燃气烧尽并熄火了。而且由于疏忽并没有去买新的。这样的话就让人头疼了。绝对让人头疼了。真想提前小声地告诉自己,马上就要烧完了哟!

SUMIRE 发廊

沿街行走的时候突然侧首站住，哎，那里怎么啦？

（这里原来是什么来着？嗯，应该是……）

商业街中间这里，空出了一个四方形的空洞。伸出的空地被干洗店和蔬菜店的墙壁所夹，空洞感越发明显。我常常沿着这里走，本应该能立刻想起消失的是什么，但就是想不起来。真是奇怪。想不出来就只能干着急。虽是熟悉的风景，但一旦其中的一部分消失，就想不起来那消失的是什么。

数次陷入同样的处境之中，于是便这样想到：新增加的东西作为新的存在，会映入眼帘，所以立刻就意识到。但是消失的东西并不会这样，虽然很熟悉，但是记忆却轻而易举地消散。意识到消失的东西，似乎远比意识到新的东西困难。

我执拗地拼命回想干洗店与蔬菜店中间的风景，

于是想起那是时常去的药店。意识到是它时，自己也有一些伤心。那是由一对老夫妻轮流看管的老店铺，有可能出了什么紧急的事情吧。我一直想不起来，是因为被眼前已经消失的事实扰乱了心神。

但是，消失的东西就消失了，这是意外却也无可奈何的事情。"喂，不要那么简单地消失啊。"我霍地站起身，走到近处察看。

大约半个月之前，我沿一条久违的道路步行，发现新开了一家美发店。招牌上写着"W 美发沙龙"，很有现代风格。不过仔细看，门窗的样子却很熟悉。虽然用涂料细致地重新涂了一遍，但厚厚的玻璃和宽大的木框的组合是令人怀念的昭和时代的风格。

啊！我不经意间差点叫出声来。这里原来是叫那个名字啊。

"SUMIRE 发廊"

玻璃窗里面，总是扎着漂亮发髻的理发师婆婆穿着白色的罩衣，专注地工作着。客人是年纪差不多的老年妇女。从路边看过去，她们头上严实地罩上头盔，烫着头发,那种样子真是挺好看的。似乎就在那个空间,时针的指针忘记了走动。但是,某天"SUMIRE 发廊"的牌子突然被摘下来,蕾丝的窗帘也被拉上。最初虽然相当担心,但渐渐熟悉了荒废的风景,而一年也过去了。之后,另外一家新店把它的东西全部买过来开始重新营业。虽然是奇怪的事情,但是每次走过新的"W 美发沙龙"前,我就会想起许多关于已经不在的"SUMIRE 发廊"的事情。实际上连许多细节,甚至隔着窗户一瞬间所见的熟练卷起卷发夹的手法都回忆起来。

有不知不觉中隐藏身形的消失,也就有以新事物为契机,虽然暂时消失却又复苏过来。它们伪装成消失,但实际上一直隐藏在记忆中,"留在"某个地方。

缀扣子，可爱的事情

从洗衣店直接拿回来的三条长裤，放在壁橱中时隔半年才取出来。将三条都试着穿了一下，其中一条上面的两个扣子已经松了。我慌忙拽一下看看，缀着的线就草草断掉，扣子也一同脱落。另一个扣子也摇摇欲坠，未来充满危险。

看着摇摇欲坠的扣子，想起半年前从洗衣店里取出时那一瞬间的心情：这件衣服的扣子要掉了，感觉必须要缝一下，但缝扣子太麻烦了，还是先放在那里吧。我本来就不擅长针线活，又为杂事和工作追赶，已是挣扎前行，根本无法悠闲地做着缝扣子这种事情，于是就装着没看见。这件事也就这样拖到现在。

这半年之间，自然没有会魔法的矮人帮我做好针线活，拖延下的事情又原封不动地弹回我身上。不知是愚蠢还是怯懦，尽管不会被别人看到，但是仍觉得尴尬。想快一点儿把这种感觉一笔勾销，便急急忙忙地取出了针线筐。

事实上，缀扣子是一件充满爱的事情。穿上线的针尖通过扣眼，"无可依靠的轻薄的圆形物体"一点点地得到容身之地，并有了角色。干脆地剪断线、拿走针，那里就诞生了一个带有责任的功能体，这一点甚至让人感动。

但是，也会常常感到负担。虽然只需要极少的时间，但若是能像平日一样微笑着缝扣子，该会有多么高兴。

最初在小学的家庭课学的时候，看着自己缝上的扣子，觉得那是不可思议的光景。扣子无论何时都是一副世间规则一样的表情，规矩整齐地排列着。然而，居然是自己的手指将它创造出来，还是使人惊讶。对针和线的操纵无论多么拙劣，但只是"没有依靠的轻薄的圆形物体"变成担负起了不起的功能的道具，就会心生一种感激之情。缝扣子不仅充满了爱，也让我感觉到自己是在动手做裁缝这一工作。

我想告诉自己的是,这样愉快的针线活,真的应该更加开心才是。有时身后追着要到截止日期的工作,有时有约好的客人,以忙为辩解找出这样相应的借口,于是只需一点儿时间的缝扣子不断被贬成让人觉得烦闷的事情。那样的自己的心情让人觉得非常凄凉。

不只是缝扣子,缝抹碗布、缝抹布、修剪后颈的头发、缝上袜子散开的线头都是。即使不能说全部都很愉快,但是要不厌烦这些生活中极小的针线活,开心地去做。试着去做。等到某一天,能在手帕上绣上某个字的首字母,绰绰有余地轻松地使着手指,那该是多么完美的事情!

一边想着这些,一边缝着扣子,感觉到了许久未有的忘我之感,非常开心。

逃离的快乐

　　快到正午的时候从家里出门,坐上去往三鹰的电车。虽然从我住的地方往西走两站就是三鹰终点站,但反正没有决定目的地,所以就坐上了最早到的电车。

　　今天是严冬中极其晴好的一天。空气中光线的粒子有着极限的高透明度,闪闪发光。突然想到,这种日子,站在车站的月台上可以看到远处的富士山。如此好的天气总要做些什么,究竟要做些什么呢,心里烦恼起来。那就去看看是不是能看见富士山吧。穿上外出的大衣,急匆匆地向车站走去。

　　在检票处刷卡通过,直接上到月台,站在最边上,确认应该就是这个方位后凝目注视。于是,如同不留丝毫空白地涂上了绘画颜料一样的湛蓝的冬日天空下,遥远地方的富士山的身姿出现。虽然隔了如此远,但是，白色的雪顶如帽子般，深深映入眼帘，令人感到不可思议。

我非常满足，但是就这样掉头回去太可惜了，那么就坐上最早过来的电车吧。

时常会想起一张铅笔画。那是流浪画家山下清在昭和二十九年创作的《沿着火车道行走的时候》。满是田野的画面中央，两条铁轨向前延伸到未知地方。铁轨上，一个男子单手提着用包袱皮包着的行李，孤零零地背着脸站着。这自然是他的自画像。

虽然是只用黑色的铅笔细致画出的场景，但是我却把这幅画当成非常重要的东西而常常想起。即便无数次被带回来，但山下清还是从日常生活中逃离，重复着流浪的生活，行走在日本全境，而这幅画也许就是他的原点。

昭和十五年，山下清单手提着包袱皮包裹着的行李，开始流浪之旅。此后的十四年在日本各地漫游，间或如候鸟般回到八幡学院和老家，直到昭和二十九年在鹿儿岛被警察暂时收容。温泉、港口城市、名胜古迹,在各处所见的风景被他创作成各式各样的贴绘及素描画。比如昭和二十五年贴绘作品《长冈的烟花》。漆黑的夜空中密集盛放的七个硕大的烟花,极其纯粹动人。画面满满地洋溢着"看见"这一行为带来的快乐。

每次想到山下清通过逃离而得到了无上的愉悦,自己也会有一种痛快的心情。前方通往哪里并不知道,总之向着并非此地的目的地,沿着铁轨快步地前进。

　　近来一遍遍穿过隧道,虽然寂寞却已习惯。穿过长长的隧道的时候,正因为有些许的寂寞,反而变得有意思了。

　　　　　　　　　　　——《赤裸大将流浪记》

心里一直有一个山下清。我一直这样想。

在月台一端看到富士山的那天,我在三鹰下车,之后乘坐反方向的车折返回来。尽管如此,但是那一天,一直有着想要去更远的前方旅行的心情。

寻逢梅香

　　我有一款香，很多年一直都喜欢用。以前频频造访一家古董店，那款香便是主人告诉我的。

　　每次推开店门，首先迎接的是一阵令人陶醉的香味。

　　虽说陶醉，但并非是那种突然被包裹的强制性的感觉。香味隐约，清秀而柔和，略有甜味。虽然眼睛捕捉不到，双手触摸不到，但香味不知为何却有着如此清楚的轮廓。踏入古董店，眼前都会浮现出一个女子的样子，她无意中碰到你之后，慌忙侧首害羞地解释。即便离店之后，也仍和李朝①的白瓷壶等古董一起，沉醉于芳香的余韵之中。

　　已经忘了是在什么时候的事情了，大概是去那家

---

①　即朝鲜。

店两三年后。一次闲谈正盛，突然想问一下香的名字。若说真实的想法，其实想知道的心情和不想知道的心情平分秋色。因为我本身很喜欢，已经到了在意它的名字等是否中意的地步，内心也想让它变成只属于这个地方的香。

店主淡淡地告诉了我。

"那个啊。那个叫'梅香'。"

啪，如同惊堂木拍下。果然是，果然是，一旦知道的话，就会觉得不可能是其他名字了。确实，那种香味，正是寒风中梅花散发出的纤弱香味。

二、三月间，我去植物园看了无数次梅花。那里有一处植了二百二十棵梅花的梅园，数十个种类、品种汇聚一堂，争相开放。红千鸟、月桂、白加贺、新冬至、红鹤、浅色绉绸、莲久、茶刷梅，①在冬日干燥的蓝天的背景下，一朵朵梅花睁着水汪汪的眼睛，憨厚可爱，让人想要过去和她们打招呼，哟，等你们很久啦！像叫作

---

① 以上皆是梅花品种的名字，下文中"如思"亦是。

"如思"那样,一朵花上有淡红色和白色两色花瓣,盛放时开成褶皱,多情的光景极美。

所以,我不断地留意,它们什么时候开,已经开了吗?但是,今年寒冷所致,开放的时间颇晚,比往年迟了两周左右。我想自己亲眼确认,到了二月中就早早地出门看。

果然,整个梅园只有伸向天空的黑色枝干,梅花们咬着牙忍受着严寒。寻不见往常飞入视线中的颜色。鼓劲儿走近凑上去看,无数的圆圆的花骨朵紧紧地抓着枝条,是要开会决定的吗,一个个都硬邦邦的。

但是,即便不盛放,梅花就是梅花。就算花苞依然坚硬,但只要能看到露出的一星星的白色、红色、浅红色时,就能嗅到梅花的香味。

那香味就在那里,但又好像不在;觉得不在的时候,又确实在。和店里的香一样,梅花的香味之中有种楚楚动人的腼腆感,一旦你想触摸,就轻盈地消失。那也恰如在某处踌躇不前的春意一般。

蒙古草原的奇迹

心情烦躁，情绪便也衰退。不知是如倒放的雪人那般，还是负负相加，总之，不断地衰退、衰退。若放着不管，随心所欲，接下来便生出愤世的情绪——世间无我可栖身之地。

为世界所嫌弃。这时本应独自抱膝发抖，但想起的却是蒙古草原。即便是只能看见地平线的那般广阔辽远的无边之地，也不给我一席居留之地吗？那种惊愕、那种安宁，让人感受到被神拥入怀中的瞬间，内心便些许平复。

那里如同海洋一般，生长的只是草，没有树木，也没有道路。仅有的标记是一个被孤零零地建造的移动式房屋——蒙古包。那是周围用熟过的羊皮覆盖一圈并带有天幕的圆形帐篷。数周前，那家人从数十公里外的地方，把所有的财产和物品都带着，搬到这里。

从乌兰巴托来到他们一家五人居住的地方,只有我这一个旅客。

实际上,从蒙古包只向外踏出一步,便立即失去方向感。能作为标记的东西一无所有。骑马在外驰骋的时候东南西北也会消失,自己身在何处,没有任何可以借以思考的凭借,仿佛被扔到世界尽头一般。

但是,在这里生活,哭泣并无作用。眼下的问题是解决上厕所的问题。究竟如何做才好,我去询问家里长辈。"你稍微前行,前面有一个很大的草丛,去那里吧!"勉强找到的草丛,只是一处长着高至人肩的野草的地方。原来如此,蹲下来的话身影完全被草遮挡,确实是个好的地方。我完全理解,踏入草丛之中。

让我惊愕的事情在第二天发生。再次需要方便时,我又好不容易地来到草丛那里。胡乱地将迷宫般的野草迅速分开。就在这里吧。我一时决定在此,蹲下来无所事事地将目光在天空中飘浮,而事情就在这个时候发生。

我惊讶地突然叫出了声。眼前所见堪称奇迹。视线之中被风摇动的,不正是我昨天在这里无聊地做的用草叶结成的环吗？我惊讶地几乎一屁股坐在地上。我停留在和昨天不差分毫的地方,蹲的位置也和昨天一模一样。

如大海,不,如宇宙一般的蒙古草原,确实给了我容身之处。虽然奇妙,但,那确实是看到草环的瞬间,超脱贯穿全身的感受。这里确实有容身之处,也就是说,我知道,上天觉得我活着也挺好。此刻,我在野外裸露着屁股,如初生时的婴儿。

所以,每次陷入被世间抛弃的情绪之中,就会觉得也不一定就是全世界,会觉得还有另外一个微笑的自己。

K 先生的来信——代后记

　　有时能有幸得到读者的来信,那是真正的开心的事情。收到从编辑那里转送过来的信件及明信片时,心里有种特别的感情,如同被仰慕的老师挥手叫到走廊,毫无预料地收到一些糖球一般。不管那上面写了什么,都像从我这里发出的声音到达山谷对面再传来的回声。而我也以迎接它归来一般的姿态,欢呼雀跃地侧耳倾听。

　　每天都从下面走过的那棵大樱花树,不断飘落已变红的叶子,之后被风卷到路两边堆积。我打开信箱,里面有一个很大的信封,是每日新闻社寄过来的。打开发现里面放的是读者们寄来的几封信。一封封拜读过后,眼前浮现出不知名字的人打开报纸追寻语言的样子,心里涌起亲密的感觉。

　　最后一封信是住在东京的七十岁的男性 K 先生

寄过来的。打开信封，发现里面是礼貌整齐的竖排打印文字。"平松样子老师，每周承蒙您的美文"，我开始读以此开头的长文，立刻被吸引进去。"《小鸟来的那天》。我对这个名字有些小小的认识。作者的想法莫非是'幸福的消息哐当①地撞到胸中'？也就是说，我擅自将这个书名解释为'哐当过来的那天'。于是，真正的'幼鸟'也来了。"

所以我会觉得很开心。当事人并没有想到这一点，"哐当"的解释出人意料。原来如此，也有这样的解释啊，我咧嘴笑开。继续读下去，K 写到 2012 年 9 月 2 日《每日新闻》周日版上刊载的《蕾丝的空隙》。

那份周日版上，我写了阳光照耀下蕾丝花纹的漂亮影子；写了坐在公园长椅上抬头看天空时，头上樱花树枝的缝隙透过的蓝色天空，如花纹一样，夺人眼神——我确实记得那个时候，那时已经过了夏天最盛

---

① 小鸟的日语作"ことり"，而"ことり"也是一个形声词，形容重物移动或相撞时产生的声音。

的时候,心里松了口气,便生出了仰望天空的闲心。颇有意思的事情是,从数棵树木的枝间缝隙能看到花纹。一旦发现这个,只要稍微把目光焦点从实体移到虚像,花纹就出现了。宛如错视画的3D版本一样,现在去公园散步的时候,这种"缝隙的风景"仍是我的一个秘密的快乐。

K的文章这样继续:"读完这篇文章的瞬间,胸中涌出一种混合着怀念的感情,目光暂时从纸上离开,出神地一直远眺窗外的远景。"

那个时候写下的我的那篇文章和K的这篇文章相汇,然后被导向没有提前预想到的道路。我直面这种不可思议,继续读下去。

"理由我立刻明白了。那是距今已经五十年的事情。当时还是大学第一年的时候,也没有被谁劝,但碰巧读了汤川秀树博士的《旅人》。这一记忆苏醒了,所以才有那种反应。"

K的信向着道路更深处拨开杂草走去。

K立刻查了书名。不大工夫就知道是《旅人——

某位物理学者的回想》(角川 知文库)。要是大书店的话应该有,所以去纪伊国屋书店新宿南店。果然,那里的书架上有。K毫不犹豫地买了回去。

"之后,立刻开始读起来,几乎是冷不防地,下面的文章飞入了视线(第十页)。"

我眼睛看着信件中的文字,心里也渐渐激动。《小鸟来的日子》中的一篇文章,偶然地勾出K年轻时候的记忆。并且,也有汤川博士小时候的记忆。K的信中从《旅人》中引用了以下部分:

跑着穿过"常元寺"的墓地,脚一滑摔倒在地,头嘭地撞到墓石之上。一瞬间,头晕眼花。

"啊!"我叫出声来,不禁哭了出来。但是哥哥们已经跑了很远了。我仰面躺着,从樱花树叶间漏下的阳光,突然吸引我的目光,我竟停止哭泣。那些阳光细碎地分开,看上去是无数的星星。白昼的星星。

我眼前好像浮出少年的样子。他一个人那样仰面躺着，被树枝缝隙之间出现的"白昼的星星"而吸引。根据太阳位置的不同，那些细小的缝隙可以成为蓝色的花纹，也可以成为闪耀的明亮的星星。那里虽然不应该出现这些，但现在就出现在眼前，会给人以惊讶。那时会觉得这是只属于自己的发现而兴奋，或许也会有一种想奔跑着去告诉其他人的冲动吧。贯穿心身的那种感觉非常深刻，也正因如此，汤川博士在想到介子构想的历史性的瞬间，也想到了从树枝缝隙间漏下来的阳光的记忆。于是，被写有那个瞬间的文章触动，而内心受到冲击的 K 也是如此。

信的内容是以这样结束的：

　　　　原来是非常简洁的文章。记忆中觉得是更绚烂的描写，但其实是自己擅自渲染了。

　　　　这次，时隔五十几年重读《旅人》，可基本没有记住什么内容。但单单是关于树枝缝隙的阳光那部分，不知为何一直忘不了。

虽然写得简洁,但对于这封 K 以明确的步伐回溯记忆的信,我怀着感慨,小心地叠好并收在信封里。那之后,我的脑海中,三个关于树枝缝隙间的阳光的记忆紧密地重叠在一起,发出强烈的光辉,到什么时候都不会消失。